जनमन्थन

जनमन्थन

धन्यकुमार जिनपाल बिराजदार

वाणी प्रकाशन

प्रकाशन के उत्कृष्टतम 63 वर्ष

पेपरबैक प्रथम संस्करण : 2026

vaniprakashan.com

वाणी प्रकाशन

4695, 21-ए, दरियागंज, नयी दिल्ली-110 002

फ़ोन : + 91 11 23273167, 23275710

शाखाएँ

अशोक राजपथ, पटना-800 004, बिहार

कॉफ़ी हाउस कैम्पस, महात्मा गांधी मार्ग, प्रयागराज-211 001, उत्तर प्रदेश

महात्मा गांधी अन्तरराष्ट्रीय हिन्दी विश्वविद्यालय, वर्धा-442 001, महाराष्ट्र

sales@vaniprakashan.in
vaniprakashan@gmail.com

Janmanthan
by Dhanyakumar Jinpal Birajdar

ISBN : 978-93-7348-327-6

Collection of Stories

मूल्य : ₹ 350

जी.एस. ऑफ़सेट, दिल्ली-110 095 में मुद्रित

वाणी प्रकाशन का लोगो मक़बूल फ़िदा हुसैन की कूची से

अनुक्रम

देहदान

पड़ोसी वीणा के पति शशिकान्त की मृत्यु चार साल पहले हुई थी। इकलौता बेटा सुदीप अमेरिका में सॉफ्टवेयर इंजीनियर था। पैकेज बहुत ही अच्छा था। पिता की मृत्यु के बाद तीन-चार बार वह माँ से मिलने आया था परन्तु कम्पनी के काम अधिक होने पर आना कम कर दिया। पिछली बार कम्पनी का काम लेकर दिल्ली आया था। वहीं से फ़ोन पर बातें करते हुए फ़्लाइट से अमेरिका लौट गया। हमने फ़ोन पर बहुत कुछ समझाया पर फ़ायदा नहीं हुआ। यही उत्तर मिला कि अगले महीने ज़रूर आऊँगा। उसका अगला महीना आया ही नहीं। क्या नहीं सहा वीणा ने बेटे के लिए! उसका अतीत सुनते ही मेरी आँखें नम हो गयी थीं।...

वीणा चौथी उत्तीर्ण थी। रिश्तेदारों में अनेक वर देखे पर कम शिक्षित होने के कारण किसी ने पसन्द नहीं किया। कम्पनी में काम करना यानी हर महीना वेतन पाने की गारंटी होने का विचार कर मायके में सभी ने शशिकान्त को पसन्द किया था। बहुत अरमानों को साथ लिए वह ससुराल पहुँची थी। सोचा था कि ससुराल में पड़ोसी अच्छे मिलेंगे, गली-मुहल्ले में सब प्यार देंगे। एक-दूसरे के घर आना-जाना होता रहेगा। पर बेचारी विवाह के कुछ दिनों बाद ही अभिशप्त जीवन जीने के लिए बाध्य हुई थी। विवाह के चार वर्ष बाद भी सन्तान सुख न मिलने पर पड़ोसियों के साथ गली-मुहल्ले में भी उपेक्षित रह गयी। किसी ने नदी के मँझधार में खड़े होकर पूजा करने की सलाह दी। प्रात: पाँच बजे ही वह नदी में जाकर पूजा करती। बारिश के दिनों में बाढ़ आने की सम्भावना होती तब भी प्रात: पूजा करने जाती। पानी में बहकर जाने का डर भी होता तब मन कहता, लोगों के ताने सुनने से बाढ़ में बह जाना ही

अच्छा है। सभी यही कहेंगे कि पानी लाने गयी थी तो बाढ़ में बह गयी। पर बाढ़ में मरने से पति को लगा कलंक मिटाना सम्भव नहीं था। इसलिए कोई अलग राह खोज रही थी। किसी ने प्रातः पाँच बजे मन्दिर जाकर भगवान के दर्शन के लिए कहा तो किसी ने जड़ी-बूटी खाने के लिए कहा। जड़ी-बूटी घर में रखती थी तो सभी के मन में सन्देह होता और उसकी कमियों पर चर्चा होती। पड़ोसी बूढ़ी काकी ने तो व्रत रखने के लिए कहा। दिनभर पानी की बूँद भी गले के नीचे न उतरती। घर के सारे काम तो उसी के नाम। काम ज़्यादा और खाना-पीना कुछ भी नहीं। इससे स्वास्थ्य ढलता रहा। किसी ने तो पति में दोष होने की बात कही। यह भी सुझाव दिया गया था वीणा को कि गाँव के ज़मींदार का बेटा उसे बहुत चाहता है। कई बार उसके घर के सामने से जाता है। जान-बूझकर उसकी गाड़ी वीणा के घर के सामने ही ख़राब हो जाती है तो घण्टा भर उसी के घर के सामने गाड़ी रिपेयरिंग करता है। पानी का बहाना कर उसके घर जाता है। शशिकान्त से मिलने का बहाना करते हुए घर जाकर वीणा की ओर देखा करता है। गाँव के सभी नागरिक रुपये की ज़रूरत होने या गेहूँ, जुआर पीसने हेतु ज़मींदार के पास ही जाया करते हैं। वीणा विवाह के एक वर्ष पूरे होने तक कहीं बाहर नहीं गयी थी। ससुराल वालों की अनुमति से वर्ष के बाद घर के काम के लिए बाहर जाती। उसे कहा गया था कि ज़मींदार के बेटे से एकान्त में अवश्य मिले। किसी को ख़बर तक नहीं होगी। जवान भी था, दो बच्चों का बाप होने के कारण वीणा को समझाया गया था कि एक-दो बार ही तो मिलना है, ज़िन्दगी भर का बाँझ का कलंक मिट जायेगा। यह सब सुनकर वीणा का पति भी लज्जा का अनुभव करता रहा। आख़िर शहर के डॉक्टर को दिखाया। वह डॉक्टर नहीं मानो भगवान ही था। उसने समझाया, "तुममें बिल्कुल दोष नहीं है और न ही वीणा में दोष है। बस, तुम सप्ताह में दो-तीन बार घर आया करो, बाक़ी सब ठीक हो जायेगा।" उसने स्पष्ट कह दिया था कि फ़र्टिलाइजेशन की अवधि में दोनों का अधिक समय साथ होना आवश्यक है।

शशिकान्त सप्ताह में एक या दो ही बार गाँव आया करता था। न कोई साधन था और न ही गाँव में कोई नौकरी मिली। सातवीं उत्तीर्ण व्यक्ति को कौन बड़ी नौकरी देता है। मजबूर होकर पचास किलोमीटर दूर शहर में नौकरी

करता रहा। वह रात आठ बजे घर आता और सुबह छह बजे चला जाता। चार किलोमीटर चलकर जाता और वहाँ से कम्पनी जाने के लिए बस मिलती। शहर में ही कम्पनी के गोडाउन में छोटा कमरा मिला था। वहीं रहता था। तीन-चार मज़दूर एक साथ रसोई बनाते और खाया करते थे।

वीणा की पलभर भी जीने की इच्छा नहीं थी। न सास-ससुर से कुछ कह सकती थी, न घर में जेठानी-देवरानी से कुछ कह सकती थी। पड़ोसी से क्या कहे, वे तो उसका चेहरा तक देखना पसन्द नहीं करते थे। अभागिन वीणा पति की राह देखते हुए पत्थर बन पड़ी रहती थी। आख़िर एक दिन सुबह-सुबह उल्टी होने लगी, शुभ संकेत बताया गया। पति के 'कमज़ोर' और वीणा के 'बाँझ' होने का कलंक मिट गया था। तब भी करने वाले शक कर रहे थे कि इसकी कोख में किसका बच्चा पल रहा है। वीणा शान्त रहती। उसने तय किया था कि दुनिया कुछ भी कहे, वह अपनी कोख की रक्षा करेगी। ईश्वर की कृपा से सभी का मुँह अपने आप ही बन्द होगा। उसके मिलनसार स्वभाव ने सबके मन में जगह बनायी थी परन्तु दकियानूसी विचार के लोगों ने 'बाँझ' शब्द के भय से उसका चेहरा देखना पसन्द नहीं किया था। गर्भवती होने पर मायके से आयी मिठाई बाँटने के लिए दो-चार घर ख़ुद भी गयी तब हँसते हुए स्वागत किया, बधाइयाँ दीं तथा अपना ख़याल रखने के लिए भी कहा। शशिकान्त भी सप्ताह में दो बार आता रहा तथा अलग-अलग तरह की मिठाइयाँ ले आता। जैसे-जैसे वीणा के प्रसव के दिन नज़दीक आते, वह रोज़ आना-जाना करता रहा। उसके लिए नौकरी से ज़्यादा सन्तान सुख तथा पिता बनना महत्त्वपूर्ण था। वह उसकी उपलब्धि थी। प्रथम प्रसव के लिए वीणा को मायके भी नहीं जाने दिया। उसे अपने आप पर विश्वास था कि वह पूर्ण पुरुष है पर लोगों ने जो भी कहा था उसे अपना पूर्व कर्म मानकर ख़ामोश रहता। गर्भ ठहरने के पहले वीणा ने व्रत-उपवास रखा था पर पत्नी के पैर भारी होने पर शशिकान्त ने एकाहार शुरू किया। वह एकाहार रहता, रोज़ मन्दिरों में दर्शन करता, फ़ोन पर पत्नी का हालचाल पूछा करता। वीणा ने कहा था, "उपवास तो मुझे रखना चाहिए तुम्हें नहीं। लोग क्या कहेंगे?"

"अरी, कहने वाले को कहने दे, हमें अपना काम करना है। कम-ज़्यादा होने पर थोड़े ही कोई आने वाले हैं। तुझे याद है, नदी में की गयी पूजा, व्रत,

जड़ी-बूटी सब के कारण तेरा स्वास्थ्य कितना ढल गया था! डॉक्टर ने कहा क्या है। अब अपने साथ अपने का भी ख़याल रखना होगा तुझे।" सुनकर वीणा ख़ामोश रहती। गली-मुहल्ले के लोग भी उनके संयम की प्रशंसा करते।

वीणा माँ बन गयी थी। पुत्ररत्न प्राप्त हुआ था। शशिकान्त ने तो कम्पनी में मित्रों को प्रीतिभोज दिया था। देखते-देखते बालक बड़ा होता रहा। नामकरण कार्यक्रम उत्साह के साथ किया था। नाम रखा गया सुदीप। शशिकान्त ने तय किया था कि अब अपने लिए नहीं बेटे के लिए जीना है। उससे बढ़कर जीवन में कुछ है ही नहीं। कम्पनी में नौकरी करने के बदले उसने गाँव में ही छोटा व्यवसाय शुरू किया। अपनी जमा पूँजी का सदुपयोग किया, अपनों से क़र्ज़ भी लिया था। समय के साथ क़र्ज़ चुकाता रहा, तरक़्क़ी करता रहा। वीणा भी कम परिश्रमी नहीं थी। सुदीप गर्भ में था तब रोज़ विद्यालय जाने वाले गाँव के बालकों से पुस्तकें माँग लेती। रात दस-ग्यारह बजे तक पढ़ती। दो-तीन दिन में एक-एक पुस्तक पढ़ती रही। "पुस्तकें भले ही छोटी हों पर संस्कार करती हैं।" यही उसका कहना होता। सुदीप अपने घर से ज़्यादा पड़ोसी के घर में ही रहता, उनके बच्चे वीणा के घर आते रहे। उनका खेलना-कूदना, धींगा-मुश्ती करना, सब साथ मिलकर तैरने जाना, गुल्ली-डण्डा खेलना आदि देखते हुए ख़ुशी से वीणा की आँखें नम हो जातीं। 'क्या-क्या नहीं सुना मैंने अपने जीवन में। यदि कोई और होती तो या तो आत्महत्या करती या निन्दकों की जान लेती।' वह सोचती रहती। अपने बेटे को समझाते हुए उसने कहा था, "बेटा! हमारे लिए सब कुछ तू ही है। तू हमारे लिए जीवन है। तेरी इच्छा ही हमारी इच्छा होगी। बस, एक काम करना, पढ़-लिखकर डॉक्टर या इंजीनियर बनना। हम हर तरह के कष्ट झेलने के लिए तैयार हैं। हर जगह सुदीप-सुदीप की जय-जयकार होनी चाहिए।" गली-मुहल्ले में भी वह सबका लाड़ला बना हुआ था। दिखने में सुन्दर, पढ़ाई में अव्वल रहता हमेशा। असफलता उससे कोसों दूर थी। इंजीनियरिंग शिक्षा पूर्ण करते ही विदेशी कम्पनी में नौकरी भी मिली। सुबह पिता-पुत्र दोनों घर से निकलते। शशिकान्त छह बजे घर लौटता तो सुदीप रात आठ बजे घर लौटता था। कई कॉन्फरेन्सों में उसने अपनी पहचान निर्माण की थी। कम्पनी के मैनेजर से अच्छी पहचान हुई। मैनेजर सुदीप को हमेशा अपने घर बुलाकर नये प्लांट की चर्चा करते थे। सुदीप की

हर सलाह महत्त्वपूर्ण रहती थी। उसकी वेतन वृद्धि भी होती रही। अहमदाबाद में नया प्लांट शुरू करना था। विदेश से कम्पनी मालिक भी आये थे। सुदीप की प्रतिभा सराहनीय रही। कम्पनी के हित के लिए उसने मालिक को सलाह दी। कम्पनी को भी उसकी सलाह महत्त्वपूर्ण लगी। "सुदीप! आई थिंक दैट यू शुड बी वुइथ अस इन अमेरिका।" मालिक ने कहा था। "सर! अमेरिका तो कभी भी आ सकता हूँ। पहले अहमदाबाद का प्लांट तो पूरा होने दीजिए। यदि आपकी शीघ्रता हो तो किसी नये व्यक्ति का चयन कीजिए ताकि कार्य में कोई बाधा निर्माण न हो।"

"लेकिन कम्पनी की इच्छा है कि तुम विदेश की कम्पनी ज्वाइन करो। मुझे तुम निराश नहीं करोगे, इसका पूरा विश्वास है।" सुदीप ख़ामोश ही रहा। कुछ दिन बाद मित्रों से चर्चा करते समय पता चला कि विदेश की आमदनी अधिक है। उसने विदेश में नौकरी करने की माता-पिता से चर्चा की। वह अपने बेटे की शादी का विचार कर रहा था। जैसे ही बेटे ने पिता के सामने विदेश जाने की ज़िद की तो मना नहीं कर पाया। घर की आय से शशिकान्त परिचित था। वह भी बेटे की उन्नति देखना चाहता था। वीणा ने रिश्तेदारों में लड़की देखी थी। नाम था प्रणाली। घर में सभी ने शादी के बाद ही विदेश जाने की सलाह दी। अपनी आँखों के सामने पली-बढ़ी प्रणाली एम. टेक. उत्तीर्ण होकर भी सुसंस्कृत थी। अक्सर सास-बहू में अनबन की चर्चा होती है। परन्तु संयुक्त परिवार में पली-बढ़ी प्रणाली अपवाद थी। "सास-ससुर की चिन्ता करने वाली, उनके सुख-दुख की चर्चा करने वाली बहू क़िस्मत वालों को ही मिलती है। हम पति-पत्नी तो ख़ुशक़िस्मत हैं।" कई बार वीणा ने अपनी सहेलियों से कहा था।

विवाह के कुछ दिन बाद ही बेटा-बहू वीज़ा की चर्चा करते रहे। वीणा और शशिकान्त समझ गये। दुर्भाग्य से तभी शशिकान्त की मृत्यु हुई। अचानक आये बुख़ार तथा खाँसी की ओर आनाकानी की थी। पिता की अन्त्येष्टि तथा क्रिया-कर्म पूर्ण कर बेटा-बहू अमेरिका जाने हेतु तैयार हुए। वीणा रातभर सो नहीं पायी, रोती रही। उसकी सिसकियाँ सुनकर प्रणाली ने वीणा को समझाते हुए कहा, "मम्मी! आप चिन्ता मत कीजिए। हमेशा के लिए थोड़े ही जा रहे हैं। चार-पाँच महीने की तो बात है। यों गये और यों आ गये समझो।"

"बेटी! मैंने बहुत बारिश देखी है। कम पढ़ी-लिखी हूँ पर दुनिया जानती हूँ। यहाँ कोई किसी का नहीं होता। रिश्तों में बढ़ती दूरी को, समाज-मानस को मैंने बारीकी से देखा है।"

"माँ! तू भी क्या कह रही है। यदि सन्देह हो तो तू भी चल हमारे साथ। वहाँ की ठण्ड हम सह नहीं पाते। घर में हीटर चलाते रहते हैं वहाँ। और तू ठहरी आस्तिक। रोज़ सुबह जल्दी उठकर कुएँ का पानी कहाँ से लाऊँ मैं वहाँ। और तू इस तरह साड़ी पहनकर घूमेगी तो ख़ून जमा हो जायेगा। तू जानती है, वहाँ का तापमान कभी-कभी माइनस रहता है। फिर भी तुझे आना है तो मैं ले जाने को तैयार हूँ।" सुदीप ने बिना साँस लिए एकदम कह दिया। ख़ामोश रहने के सिवा कोई चारा नहीं था। शशिकान्त की मृत्यु के बाद बेटा-बहू अमेरिका चले गये। वह अपनी गोद में पोते को लेकर बैठना चाहती थी पर कुछ कह नहीं पायी। सुदीप अमेरिका से ज़रूर वीडियो कॉल करता रहा। वहाँ के विभिन्न द्वीप समूह, कनाडा, वाशिंगटन, मेक्सिको, लॉस एंजेलिस, डैलस, सैन फ्रांसिस्को, बोस्टन, फिलाडेल्फिया आदि शहरों की जानकारी देता रहा। वीणा अपने कमरे से बाहर आकर पड़ोसियों को दिखाया करती थी। एक दिन सुदीप ने वीडियो कॉल करते हुए दादी बनने की ख़ुशख़बरी दी। सुनते ही वीणा की आँखों से ख़ुशी के आँसू भर आये।

"बेटा, शिशु को दिखाना तो सही। मुझे मालूम है कि वह या तो तुझ जैसा या तेरे पिता की तरह होगा।"

"अरी माँ! तू भी क्या घिसी-पीटी बातें करती है। वह तो अमेरिकन नागरिकों की तरह गोरा है।"

"ख़ुश रहो बेटा! प्रणाली को भी अभिनन्दन कहना।" फ़ोन पर बातें भी महीने में चार-पाँच बार होती रहीं। धीरे-धीरे फ़ोन करना कम किया। वीणा ख़ुद फ़ोन करती तो सुदीप फ़ोन काटता रहता। दुबारा फ़ोन करने पर उत्तर मिलता, "माँ! मैं कम्पनी का काम देखूँ कि हमेशा फ़ोन पर बातचीत करता रहूँ। मेरी भी पर्सनल लाइफ़ है। रोज़-रोज़ सुबह-शाम फ़ोन रिसीव नहीं कर पाता।" बेटे का उत्तर सुनकर वीणा मन-ही-मन रोती रहती। उसे पति का वाक्य याद आता। उसने कई बार वीणा को समझाते हुए एक और सन्तान की इच्छा व्यक्त की थी पर वीणा ने ही मना किया था। वह सोचती रहती–'पति की बात मानती तो

कितना अच्छा होता। एक विदेश भी जाता तो दूसरा हमेशा मेरे साथ रहता।' पति की मृत्यु के बाद उसने व्यवसाय बन्द किया था। पुश्तैनी सम्पत्ति विभाजन के बाद खेती की जितनी आमदनी होती, वह दवादारु, किराना सामान ख़रीदने में उड़ जाती। बेटे को फ़ोन करती तो महीने में तीन-चार हज़ार रुपये भेजता। उन्हीं रुपयों से घर चलाती।...

मैंने एक दिन वीणा को सुबह दस बजे तक सोते हुए देखा तो घबरा गया। क्या हुआ है वीणा को। दस बजे उठकर वह कहती रही, "मैं प्रातः पाँच बजे ही उठी थी। मन्दिर जाकर पोते के स्वास्थ्य के लिए माला घुमाती रही। अभी लौट आयी और पलभर के लिए आराम कर रही थी।" गली-मुहल्ले के लोग उत्तर सुनकर हँसते थे। कोई उसे 'भोली भाली दादी' या 'अन्धविश्वासी दादी' कहते। एक-दो बार प्रणाली से फ़ोन पर बातचीत करते हुए भारत लौटने के बारे में पूछा तो उसने कहा, "मम्मी! मेरी तो भारत ही आने की इच्छा है। मुन्ने को यहाँ का तापमान सूट नहीं हो पाता पर इसके पापा मेरी बात मानने के लिए तैयार नहीं।"

"वह ज़िद्दी तथा अड़ियल है। मेरी कुछ मानता नहीं। बचपन से उसका स्वभाव ही वैसा ही, फिर भी तू ज़रा समझाना। और कहना कि इस बार नवरात्र भारत में मनाऊँगी!"

"जी मम्मी! कोशिश करती हूँ।" प्रणाली ने कहा था पर सुदीप ने एक बात भी नहीं मानी। कम्पनी के काम हेतु दिल्ली तक आकर फ़्लाइट से उसी दिन लौटता था पर माँ का विचार भी मन में नहीं आता।

समय के साथ माँ का फ़ोन रिसीव न करने से वीणा चिन्तित रहती तो पड़ोसी उसे समझाते, हिम्मत बँधाते रहते। एक दिन वीणा के घर आयी सहेली ने बात छेड़ते हुए उसे अमेरिका चली जाने की सलाह दी थी। चार वर्षों से वह अकेली रहती थी। शुगर तथा बीपी होने से बुढ़ापे में सन्तान का पास में होना आवश्यक था। एक दिन श्रवण ने सुदीप से फ़ोन पर कहा था, "अरे ये साले! क्या तू इतना बड़ा बन गया है कि विधवा माँ को भी भूलता जा रहा है।"

"अरे श्रवण! तुझे क्या बताऊँ यार, आज दलदल में इस तरह फँस गया हूँ कि एक पैर बाहर निकालूँ तो दूसरा पैर कीचड़ में और गहरा धँसता है। प्लीज़ यार! तू ही ज़रा माँ की ओर ध्यान देना। उसे कुछ ज़रूरत हो तो तुरन्त लाकर देना प्लीज़!"

"अरे ओ प्लीज़ के बच्चे! मेरे लिए तेरी माँ हो या मेरी माँ, दोनों समान हैं। मैंने कभी भेदभाव नहीं किया। उनके बुढ़ापे में ध्यान नहीं देंगे तो हमारे बच्चे हमें पहचानेंगे कैसे? इसीलिए तो सप्ताह में तीन-चार बार कभी अनाज ख़रीदने, कभी दवा ख़रीदने, कभी कपड़ा ख़रीदने शहर जाता हूँ तो चाची के लिए कुछ न कुछ अवश्य ख़रीदता हूँ। मेरी इच्छा है कि तू जीवन के अन्तिम क्षणों में माँ को अपने साथ रखना। यह सम्भव नहीं तो भारत लौटकर यहाँ किसी कम्पनी में नौकरी करना।"

"हाँ यार! मैं भी वही सोच रहा हूँ। तू एक काम करना प्लीज़! आख़िर हम बचपन से साथ में पढ़ते आये हैं, खेलते-कूदते समय भी हमारा साथ रहा है। तू मेरी माँ की ओर ध्यान देना। यदि कुछ कम-ज़्यादा हो तो भी अपनी माँ समझकर काम करना। जो भी मेडिकल बिल होगा, मैं तुझे दूँगा।"

श्रवण मित्तल कुछ दिन वीणा की ओर ध्यान देता रहा। एक दिन प्रतियोगिता परीक्षा का परिणाम घोषित होने पर वह भी नौकरी के लिए चल पड़ा। साथ में माता-पिता, पत्नी-बच्चे सभी थे। वीणा उसके साथ जाने को राजी नहीं हुई। "यदि मैं मित्तल के साथ जाऊँ तो लोग पीछे क्या कहेंगे? ख़ुद का बेटा सँभालने को तैयार नहीं है। दूसरे देश चला गया है शेखी बघारने और यह बूढ़ी दूसरे के घर में काम करने नौकरानी की तरह चली गयी है। हे भगवान्! ऐसा शापित बुढ़ापा शत्रु के जीवन में भी न आये। इससे मरना ही अच्छा है।" सोचते हुए व्यथित हो जाती। थकी-माँदी वीणा अकेली पड़ गयी थी। अब उसकी ओर ध्यान देने वाला कोई नहीं था। पेट दर्द होने पर वीणा ने सुदीप को फ़ोन किया तो प्रतिसाद नहीं मिला। "माँ! मैं किसी क़सबे में नहीं, अमेरिका में रहता हूँ। गँवार बनकर भारत लौट आऊँ तो पेट कैसे भरेगा। दूसरी बात, मैंने यहाँ एक फ़्लैट देखा है, चालीस लाख रुपये कहा है। क्या करूँ माँ, अब तू ही बता। देख माँ! तूने मेरे लिए कितना कष्ट सहा है, ताने सुने, नदी में खड़े होकर पूजा की, वह भी बाढ़ आने पर भी। अब तुझे एक और अनुरोध करता हूँ, श्रवण की तरह दूसरा कोई व्यक्ति देखना, जो तुझे माँ की तरह देख सके। रुपये की ज़रूरत मैं पूर्ण करूँगा। रही बात तुम्हें सँभालने की। उसके भी रुपये उसे भेजता रहूँगा। बस, युवक तेरा ख़याल रखने वाला, ईमानदार हो।" इतना सुनते ही वीणा की आँखों से आँसू बहने लगे। "हे भगवान्! अब इतना

ही कहना रह गया था कि मेरी अन्त्येष्टि कोई पराया व्यक्ति करे। उसका भी किराया दे दूँगा। धन्य हो गयी मेरी कोख, जिसमें तुझ जैसी सन्तान ने जन्म लिया। अब रहा क्या ज़िन्दगी में...।" देर तक रोती रही फिर शान्त हो गयी। उसका रुदन देखते हुए मैं चिन्तित अवश्य होता, रोता भी मन-ही-मन।

रोज़ सूर्योदय से पहले उठकर सूर्य को अर्घ्य देने वाली वीणा दो दिन नज़र नहीं आयी। किसी को पता भी नहीं था। किसी से उसने कहा भी नहीं था। तीसरे दिन दिखाई दी तो शान्त मुद्रा में बैठी नज़र आयी। पूछने पर पता चला कि शहर में डॉक्टर से मिलने गयी थी। गली-मुहल्ले के दो-चार लोगों ने ग़ुस्सा किया और कहा कि इस उम्र में किसी से कहे बिना घर के बाहर न जाये। इतना कहना ही काफ़ी था, उसने घर के बाहर क़दम ही नहीं रखा। उसे अपना बचपन याद आता। मन-ही-मन कहती, "गाँव के किसी भी व्यक्ति की मृत्यु का समाचार सुनते तो गाँव शोक में डूब जाता। अपने ही नहीं, पराये भी चूल्हा तक नहीं जलाते। अन्त्येष्टि के बाद ही गाँव में चूल्हा जलता था। अन्तिम दर्शन के लिए लोगों की भीड़ होती थी। व्यक्ति चाहे ग़रीब हो या अमीर, अन्त्येष्टि में ग्रामवासी चलते हुए जाते और कन्धा देते रहते। आज घर के सदस्यों की आँखों से ही आँसू बहते नहीं। इसे क्या कहे। मृत्यु से पहले ही मनुष्य की संवेदना की मृत्यु होना मानवता के लिए अभिशाप नहीं तो क्या है?" उसने अचानक श्रवण को फ़ोन किया। कहा था, "श्रवण! तुझे सरकारी नौकरी मिल गयी है। अभिमान की बात है। आनन्द ही होगा। तुझसे एक बार मिलने, बात करने की मेरी इच्छा है। मैं जानती हूँ कि तुझे छुट्टी नहीं मिलेगी। एक दिन के लिए इतनी दूर आना सम्भव भी नहीं, फिर भी अनुरोध करती हूँ। बस! एक बार ज़रूर मिलना। बहुत सारी बातें फ़ोन पर नहीं कह सकती हूँ। मुझे विश्वास है कि मेरे वात्सल्य को तू भूल नहीं सकता है।" श्रवण ने भी रविवार आने का वादा किया था। नौकरी मिलने पर पहली बार गाँव आ रहा था। जैसा कहा था वैसा रविवार सुबह जल्दी ही गाँव पहुँच गया। रातभर यात्रा की थी। सुबह सात बजे ही वीणा के घर पहुँचा। दरवाज़ा बन्द ही था। दो-तीन बार आवाज़ देने पर भी दरवाज़ा नहीं खुला। श्रवण को सन्देह हुआ। रोज़ सुबह जल्दी उठने वाली आज सात बजे तक कैसे सो सकती है। खिड़की से झाँककर देखा। पिछला दरवाज़ा खुला ही था। श्रवण ने भीतर क़दम रखा तो घबरा

गया। हाथ-पैर ठण्डे हो गये थे। उसके बाजू में चिट्ठी पड़ी थी। श्रवण ने चिट्ठी पढ़ना शुरू किया। उसमें लिखा हुआ था, "मैं पिछली बार मेडिकल कॉलेज गयी थी। मृत्यु के बाद देहदान करने के इच्छुक व्यक्ति सरकारी मेडिकल कॉलेज के एनाटॉमी विभाग में सम्पर्क करेंगे तो पूरी जानकारी मिलेगी, यह बात अच्छी तरह से जानती थी। डॉ. शर्मा, डॉ. पुष्पदन्त ने पंजीकरण करने की सलाह दी थी। वहाँ जाने पर मुझे देहदान का महत्त्व पता चला। चिकित्सा अनुसन्धान तथा शिक्षा के उद्देश्य से मृत्युपरान्त शरीर दान करना सबसे बड़ा पुण्यकार्य है। डॉ. पुष्पदन्त ने कहा भी था। मैं भी जानती थी कि समाज को कुशल चिकित्सक देने हेतु मानव शरीर रचना का ज्ञान आवश्यक होता है। मैं यह भी जानती हूँ कि किसी भी धर्म, जाति, भाषा, भूषा के व्यक्ति प्राकृतिक अर्थात नेचुरल मृत्यु के उपरान्त देहदान कर सकते हैं। संकल्प पत्र, फ़ोटो, दो गवाहों की सहमति, आधार कार्ड इतने काग़ज़ात काफ़ी हैं। और ये सारे काग़ज़ात अलमारी में सँभालकर रखे हैं।" चिट्ठी पढ़कर दुखी हुआ था श्रवण। सुदीप को फ़ोन करना चाहा पर चिट्ठी में लिखा था-"सुदीप को फ़ुरसत नहीं मिलती। उसे फ़ोन न करे। सिर्फ़ एक अनुरोध है कि मेडिकल कॉलेज फ़ोन करे। शेष कार्य वे पूरा करेंगे। गाँव में सभी के सहयोग के लिए धन्यवाद!"

"शायद मैं एक दिन पहले आता तो चाची से खुलकर बातें तो करता और उसकी अन्तिम इच्छा तो जानता!" मन-ही-मन कहते हुए श्रवण रो पड़ा। रात में ही वीणा ने पड़ोसियों के साथ चाय ली थी। सुबह सबको छोड़ चली गयी थी। उसकी अन्तिम इच्छा पूर्ण की गयी। मेडिकल कॉलेज के डॉ. पुष्पदन्त से मिलने पर उसने काफ़ी सहयोग दिया। वीणा ने देहदान का फॉर्म पहले ही भर दिया था। गली-मुहल्ले के सभी लोगों ने अन्तिम दर्शन किये। कार्यालयीन प्रक्रिया पूर्ण करने के बाद एम्बुलेंस में वीणा की देह रखी गयी। सभी अपने-अपने घर लौट गये।

श्रवण तीन दिन की छुट्टी लेकर आया था। गली के लोगों ने चर्चा की। मृत्यु के बाद तीसरे दिन पूजा करना तय किया। पूजा के बाद श्रवण ने रसोई घर में क़दम रखा। टेबल पर काग़ज़ का टुकड़ा नज़र आया। काग़ज़ हाथ में लिया। वह काग़ज़ नहीं बल्कि वीणा द्वारा लिखी गयी चिट्ठी थी। "देहदान का महत्त्व सभी तो नहीं जानते। कोई देहदान नहीं कर पाते तो कम-से-कम नेत्रदान

तो अवश्य करे। देहदान पुण्यकार्य है। इतना ही नहीं, अन्त्येष्टि का कोई प्रश्न ही नहीं, अन्त्येष्टि कौन करे इसकी चिन्ता नहीं। सारे काम मेडिकल कॉलेज द्वारा पूर्ण किये जायेंगे। आज अपनों के लिए, जन्मदाता के लिए समय न हो, तब एक ही अन्तिम उपाय है 'देहदान'।" चिट्ठी में अन्तिम वाक्य लिखा गया था–"सुदीप से चर्चा की है। उसने भी कहा था–माँ! समय के अभाव में आना सम्भव नहीं होगा। यदि तू चाहती है तो अन्तिम उपाय है देहदान!" पढ़कर श्रवण फफककर रोता रहा।

गुरु माता

तू दयालु दीन हौं, तू दानी हौं भिखारी।
हौं प्रसिद्ध पातकी, तू पाप पुंज हारी।।

हे प्रभु! तू दयालु है, तेरी ही दया के कारण आज तक मैं जीवित हूँ। मुझे ज्ञात हुआ है कि तू मजबूरी से छल-कपट करने वालों को भी क्षमा कर देता है। हे परमपिता! तेरी महिमा अनन्त है, मैं कोई पढ़ी-लिखी नहीं हूँ, तेरी महिमा का वर्णन कितने साधु-सन्तों तथा ज्ञानियों ने किया है। अगले जन्म में तेरी कृपा रही और मुझे अक्षर ज्ञान मिला तो ज़रूर तेरी महिमा का गान पढ़ूँगी। नामदेव का वह वचन भी ज्ञात है जिसमें उन्होंने, "कहा करूँ जग देषत अन्धा। तजि आनन्द बिचारे धन्धा।।" कहा है। मैं यह भलीभाँति जानती हूँ कि दुनिया अन्धी है, यहाँ के लोग कितने भोले हैं। हे परमपिता परमेश्वर! तेरी महिमा ही है कि आज तक मैं कुँवारी बेटी क्षितिजा के साथ जीवित हूँ वरना रोटी के लिए दर-दर भटक रही थी।...

"प्रणाम गुरु माता! क्या आप कुछ सोच रही हैं या अब तक आपकी पूजा जारी है? देखो तो सही, कब के ग्यारह बज चुके हैं। प्रसाद कब ग्रहण करेंगी आप?"

"अरे, देर क्यों करूँ भला मैं! आज पूर्णिमा है न इसीलिए पूजा में थोड़ा ज़्यादा वक़्त लगता है।"

"ठीक है गुरु माता, अब प्रसाद के लिए उठिए। बाक़ी काम मैं देख लूँगा।"

"अरे, तुम जाओ, मुझे कुछ और समय लगना है।"

“तो ठीक है, मैं थोड़ी देर बाद लौटता हूँ।”

जीवन की संध्या में पता नहीं क्यों जीर्ण शरीर में आज कम्पन महसूस कर रही हूँ। लगता है कि वे सारे पल मुझे काँटों की तरह चुभ रहे हैं, वेदना असह्य होती जा रही है। कितने दिन...दो-चार महीने...।

...नहीं, नहीं, लगभग बीस-बाईस वर्षों से छल-कपट! अपने आप के साथ, ईश्वर और इन भक्तों के साथ, जिन्होंने मुझे 'गुरु माता' कहते हुए झोंपड़ी बनाकर पनाह दी।...क्षितिजा को लेकर काम माँगने के लिए जब कारख़ाना जा रही थी तो मन ने रोका। सोचती रही...बड़ा बेटा रेलवे में नौकरी करता हो, अच्छी तनख़्वाह पाता हो और उसकी माँ कारख़ाने में नौकरी करे। कारख़ाने का मालिक घर के पास ही तो रहता है। उसे क्या लगता है, दो-दो बेटे होने के बावजूद वीणा के जीवन में ऐसे दिन आये और वह दीन बनकर क्षितिजा को लेकर नौकरी माँगने आये।...इसीलिए अन्तिम उपाय के रूप में नौकरी करने के बदले लंगर में जाकर भोजन किया था, वह भी जीवन में पहली बार! पेट भर भोजन कर हम दोनों तृप्त हो गयी थीं। क्या करें, गाँव में कोई चारा नहीं था। पति था तब तक तो ठीक था। हम दोनों मेहनत करते रहें, खटना ही लिखा था शायद जीवन में इसलिए वह मार्केट यार्ड में मुंशी का काम करते हुए घर चलाता रहा। ज़िन्दगी भर दूसरों का हिसाब-किताब लिखने वाला अपनी आत्मकथा, रामकथा लिख नहीं पाया। लिखता भी क्यों, जिस बही-खाते से लाभ ही न हो तो गधा मेहनत क्यों करे! रोज़ तीन-चार किलोमीटर चलते जाता, लौटते समय कभी-कभी मालिक के साथ शान्ति सागर चौक तक आता और वहाँ से चलते हुए घर पहुँचता। घर लौटते समय साथ में सब्ज़ी कम लाता पर संजय और राकेश के लिए पेंसिल, किताबें, कापियाँ तथा खिलौना ज़रूर लाता।

“अरे, सब्ज़ी कम है तो क्या हुआ, अपने लिए थोड़े ही लाया हूँ। बहादुर बच्चों के लिए ही तो साग-सब्ज़ी की ज़रूरत होती है।”

“तो क्या हम खटते-खटते ही मर जायें? कब तक रोटी चटनी खाते रहेंगे?”

"तू भी रानी! मज़ाक़ करती है। दोनों पढ़-लिखकर बड़े हो जायेंगे तो एसी वाले घर में रहेगी तू! शायद मैं वह दिन देखूँ या न देखूँ, तू ज़रूर एसी वाले कमरे में रहेगी।"

वह मज़ाक़ ही तो था शायद! संजय के जन्म के साथ ही हम दोनों ख़ुश नज़र आये। पुश्तैनी एक एकड़ ज़मीन, वह भी बंजर! उसी दिन मैंने बंजर ज़मीन का सदुपयोग करते हुए बेटे के जीवन में फूल खिलने का सपना देखा। घर क्या, कहीं भी किराये से रह सकते थे। आख़िर मार्केट यार्ड में ही मालिक ने अनाज सफ़ाई वाला कमरा दिया तो वहीं गुज़ारा करते रहे। संजय एक वर्ष का भी नहीं था तो पति की दूसरे बच्चे की इच्छा हुई। मैंने कितना समझाया पर माना नहीं। यही कहता रहा कि भगवान एक मुँह के साथ दो हाथ भी देता है। मजबूरन मैं दूसरे के लिए तैयार हुई। मैं भी यार्ड में सुबह दो-चार घण्टों के लिए ठेला चलाती रही। कभी दो-चार किलो दाल-चावल तो कभी खीर-दूध बेचती रही। दो-चार पैसे भी जमा हो गये। देखते-देखते ठेला अच्छा चलता रहा तो पैसे बैंक में जमा करने के बदले यार्ड के मालिक के पास ही जमा करते रहे।

जैसे ही क्षितिजा का जन्म हुआ तो पति का मेरे प्रति स्नेह कम होता नज़र आया। मैं अच्छी तरह जानती थी कि संजय के साथ-साथ दूसरे पुत्र की अपेक्षा करने वाले पति को उदास किया है। पर क्या करती, जिसने धरती पर क़दम रखा उसे धरती में तो नहीं गाड़ सकती थी उस क्षण। पति की इच्छा पूर्ति ही मेरी इच्छा पूर्ति मानती रही। यार्ड में वृद्ध मालिक भी यही कहता।

क्षितिजा डेढ़ वर्ष की ही थी कि राकेश का जन्म हुआ। परन्तु तीन-तीन सन्तान की रोटी, कपड़ा, मकान की चिन्ता उसे नहीं थी। संजय के जन्म के समय अरमान तो बहुत देखे थे। बच्चों के बड़े होते-होते शिक्षा का व्यय बढ़ता रहा तो संजय और राकेश को ही पढ़ाना उचित समझा और मैंने क्षितिजा को अपने साथ ठेले पर लिया। वह छोटी ही थी पर समझदार थी। समय मिले तो ख़ुद पुस्तक लेकर बैठती और दो-चार अक्षर पढ़ती रहती। ग्राहक आने पर उन्हें प्लेट भरकर देने से लेकर प्लेट धोने तक के काम करती थी। घर में भी दोनों भाइयों का ख़याल रखती लेकिन उन्हीं भाइयों ने न ही क्षितिजा का ध्यान रखा और न ही मेरा ध्यान रखा लेकिन दोनों पढ़ते रहे। पिता यार्ड में

हिसाब-किताब रखते थे। उसका लाभ ज़रूर हुआ, दोनों विज्ञान और गणित में रुचि रखते थे। संजय तो पढ़ाई पूरी कर रेलवे में नौकरी प्राप्त कर शहर चला गया। जाते समय घर के मालिक ने बुलाकर पूछा था, "संजय, क्या तू अपने माता-पिता की वेदना जानता है? तेरे लिए माँ ने ठेले पर जी तोड़ मेहनत की है। क्षितिजा ने भी कम योगदान नहीं दिया और तू इन्हें छोड़कर जा रहा है?"

"मालिक, मैं इन्हें यूँ रास्ते पर छोड़कर नहीं जाऊँगा। मैं तो बस शहर में अच्छा कमरा देखकर माता-पिता और भाई-बहन को अपने साथ ले जाऊँगा।"

भरोसा देकर जो चला गया, आठ-दस दिन बाद लौटकर कहा, "शहर में घर मिलना मुश्किल है।" ख़ुद थोड़े दिनों तक आता-जाता रहा परन्तु शिफ्ट में नौकरी होने के कारण हमारे पास ज़्यादा दिन नहीं रह सका। तुरन्त अपने लिए एक कमरा देखकर वहीं रहने चला गया। छोटे भाई राकेश को भी अपने यहाँ बुलाकर उसे शिक्षा लेने में हर तरह की सहायता करता रहा। वह भी पढ़-लिखकर इंजीनियर बना और बेंगलुरु चला गया। दोनों का सब कुछ ठीक-ठाक था परन्तु दोनों में से किसी ने हम बूढ़ों के साथ क्षितिजा का विचार नहीं किया। संजय ने तो हमें बताना भी अनुचित मानते हुए डी.आर. एम. ऑफ़िस में ही काम करती लिपिक दीपा से विवाह कर लिया और हमें फ़ोन करना भी भूल गया।

हाँ, राकेश गाँव अवश्य आया था। बेंगलुरु में ही नहीं, हर जगह कारख़ाने, कम्पनी घाटे में आने से अपने कई साथियों के साथ गाँव लौटा। किसी छोटी कम्पनी में नौकरी करता रहा। लेकिन हम कितने दिन खटते रहते और मालिक भी कितने दिन मुफ़्त में अपना कमरा देते। उनके बेटे भी बड़े होकर व्यवसाय सँभाल रहे थे अतः राकेश को भी बुलाकर संजय की तरह समझाया परन्तु फ़ायदा नहीं हुआ बल्कि घर ख़रीदने का बहाना कर हम दोनों की जमा पूँजी ले गया। हमें वहाँ बुलाना भी उचित नहीं समझा।

जब सारा वृत्तान्त मैंने मालिक को सुनाया तो उन्होंने 'जय सियाराम' कहा। यह सब देखकर पति चिन्तित हुआ और चिन्ता ने उसे निगल लिया। आज सती परम्परा होती तो मैं कम-से-कम अपना जीवन अध्याय तो समाप्त कर सकती थी परन्तु मेरी ज़िम्मेदारी और भी बढ़ गयी थी। राकेश को कई लोगों ने समझाया परन्तु वह हम दोनों को गँवार होने के कारण अपने साथ

रखना अनुचित मानता रहा। किसके पास शिकायत करें और किसके बारे में, बेटे के बारे में, यही कहते हुए शिकायत कि वह अपनी माँ तथा बहन को सँभाल नहीं सकता।...आख़िर रहने के लिए दिया गया कमरा भी हाथ से चला गया। "वीणा, अब बेटे व्यवसाय सँभाल रहे हैं। हमें माफ़ कर दो...हमारे हाथ में कुछ नहीं है।" कहते हुए सेठ ने बाहर निकाला। आख़िर राकेश के दरवाज़े के सामने क्षितिजा को लेकर चली गयी। "माँ! तुम गँवारों की तरह रहती हो। देखो, इस नयी कॉलोनी में सभी पढ़े-लिखे रहते हैं। खा-पीकर ख़ामोश रहना होगा तुम्हें यहाँ।" कहते हुए जगह दी। हम दोनों ने भी वही तय किया था।... लेकिन उसकी शादी की चिन्ता हमें सताती रही। एक दिन रिश्तेदारों में ही पढ़ी-लिखी वनिता बहू बनकर घर आयी। दो-चार महीने वह हमारी सुनती रही लेकिन पति जिसका ग़ुलाम बने वह सास की बात क्यों माने! आख़िर वही हुआ जो हर घर में होता है। वह अपने और पति के लिए अलग रसोई बनाती रही और मैं क्षितिजा के साथ अपने लिए अलग रसोई बनाती रही। एक ही घर में दो चूल्हे जल रहे थे। परिणाम यह रहा कि राकेश ने क्षितिजा के लिए लड़का देखना भी बन्द किया।

बढ़ती उम्र के साथ चिन्ता बढ़ती रही। क्षितिजा का मौन रहना मैं समझ सकती थी पर कुछ कर नहीं सकती। थोड़े दिन गाँव में गीता ज्ञान यज्ञ तथा मानस कथा के लिए हम दोनों जाती रहीं। कहीं सत्संग हो तो उसमें समय बिताना भी तय किया। वहाँ समय भी कटता और प्रसाद की व्यवस्था भी होती पर ऐसा कितने दिन करें। घर लौटने पर "आ गयीं संन्यासिनी, यह घर है, कोई मठ या मन्दिर नहीं।" जैसे ताने सुनने पड़ते। क्षितिजा की शादी होती तो ऐसी नौबत नहीं आती।

"क्या ईश्वर की मर्ज़ी के अनुसार ही प्रकृति में परिवर्तन होता रहता है?"

"हाँ बेटी, ईश्वर का तो घट-घट में निवास होता है। जिस पर ईश्वर की कृपा होगी उसका बेड़ा पार हो जायेगा। बस नामस्मरण और प्रभु भक्ति ही मनुष्य के हाथ में है।"

"लेकिन इस सत्य के बावजूद अमीरों में लोलुपता, लालची वृत्ति में कमी नज़र नहीं आती। परिग्रह तो बढ़ता ही रहता है।"

"क्षितिजा! यह माया है। आत्मा एकमात्र सत्य है, बाक़ी सब मिथ्या है परन्तु मूढ़ मानव मोहवश अपनी आत्मा को पहचान नहीं पाता।" जैसी चर्चा करते हुए मैं क्षितिजा का मूक निवेदन समझ पाती। पर यह चर्चा भी राकेश और वनिता के लिए सिरदर्द साबित होती।

जीवन है, जहाँ ले जाता है वक़्त के साथ वहाँ जाना पड़ता है। आँधी में उड़े कई बीज वृक्ष में तब्दील होते हैं तो कई बीज ख़ाक बन जाते हैं। सब कुछ परिवेश पर निर्भर होता है, प्रकृति और नियति पर निर्भर होता है। उसी भरोसे एक दिन मैं क्षितिजा को साथ लेकर सत्संग के लिए ब्रह्मपुर की ओर चल पड़ी। रास्ते में बस पंक्चर होने से रुकना पड़ा, लगभग दो घण्टे। उन्हीं दो घण्टे में मेरे जीवन को नया मोड़ मिला। बस किसी गाँव के बाहर खड़ी थी कि पीछे से आयी कार में से कोई सज्जन उतर गये। पता नहीं उन्होंने मुझे किस सत्संग में देखा था। बस रुकने का कारण पूछा, साथ ही हमें लिफ्ट देने की बात भी कही, पर मैंने धन्यवाद के सिवा कुछ कहा नहीं। मुझे देर रात किसी अपरिचित व्यक्ति की कार में जवान बेटी को ले जाना उचित नहीं लगा। पर जैसे ही उस सज्जन ने मेरे पैर छू लिए तो बस के यात्रियों में से दो-चार यात्रियों ने भी मेरे पैर छू लिए। पता नहीं नियति का क्या विचार था!

सत्संग का चौथा दिन था कि एक सज्जन मुझे ढूँढ़ते हुए आ गये। मुझे देखते ही पैर छूते हुए कहा, "गुरु माता, आपके दर्शन से मेरा जीवन धन्य हो गया।"

"अरे, आप कौन हो, क्या कह रहे हो आप?"

"गुरु माता, बस में आपके दर्शन हो गये थे। मेरी थैली नीचे गिर गयी थी जिससे सेब थैली से बाहर बिखरे हुए थे। आपने उन्हें अपने हाथों से उठाकर दिया। पता नहीं कौन-सा चमत्कार हुआ था। महीने भर से पानी तक न पीने वाले मेरे बेटे ने भोजन करना शुरू किया। मैंने तो बस आपके हाथ से प्राप्त सेब का छोटा टुकड़ा उसके मुँह में डाला था और उस दिन से उसके स्वास्थ्य में अचानक सुधार हुआ। मेरी इकलौती सन्तान की जान आपकी कृपा से बच गयी। मुझे बाद में कार से उतरकर आपके चरण छूने वाले वे सज्जन भी याद आये। मुझे लगा कि आप कोई सामान्य स्त्री नहीं हो...।"

"अरे भाई साहब! इसमें मेरा कुछ नहीं है। सब प्रभु की लीला है और आपका पुण्य कर्म है।"

मेरे इतना कहने पर भी उसने कुछ नहीं माना और मैं यहाँ इस गाँव में पहुँच गयी। उनकी इच्छा के ख़ातिर दो-चार दिनों के लिए...पर मज़दूरों, किसानों के गाँव में रोज़ सत्संग कहाँ होता! महँगाई में सत्संग के लिए ख़र्च तो कौन करे। साध्वी के रूप में मेरी पोशाक ने उन्हें प्रभावित किया था। सुबह दो घण्टे और शाम दो घण्टे यह समय तो काम का होता है फिर भी चार दिनों के लिए मेरे पहुँचते ही कई किसान, मज़दूर अपनी-अपनी समस्या लेकर आते रहे। अपने बच्चों को साथ में लाते रहे। मैं यही सोचते हुए उन्हें दुलार देती कि संजय और राकेश के बच्चे भी ऐसे ही होंगे...उनकी शादी को तो कई साल हो गये थे।...गाँव के इन बच्चों को मेरे पास देखकर उनके माता-पिता भी ख़ुश हो जाते, कभी हमारे लिए सब्ज़ी लाकर देते तो कभी फल भी, तो कभी अनाज। बस, लोगों की हम दोनों के प्रति श्रद्धा बढ़ती गयी और एक कुटिया भी बन गयी।

"पर भगवान के लिए यह राज़ मत खोलना माँ!"

"नहीं बेटे, ऐसा कभी नहीं होगा। तू चिन्ता मत कर।"

"माँ! आख़िर बच्चे माता-पिता की सेवा तो करते ही हैं अत: मेरा सेविका का रूप ही उचित रहेगा न?"

"बेटी, सब भगवान की इच्छा है। माँ और बेटी भी भक्तों के सामने गुरु माता और सेविका के रूप में ही सुखी रहती हो तो इसमें दोष क्या है।"

"हाँ, मुझे भी सेविका के रूप में...!"

...क्षितिजा अधूरा वाक्य पूर्ण कर नहीं पायी। पता नहीं क्या होगा उसके मन में। जवान बिटिया कभी अपनी माँ से 'माँ' नहीं कह सकी। बेटी द्वारा 'गुरु माता' शब्द मेरे हृदय को आहत करते, मेरी छाती 'माँ' शब्द की इच्छा करती, मेरे कान 'माँ' शब्द सुनने के लिए बेताब थे। पर भगवान! मैंने गाँव वालों के साथ, क्षितिजा...अपने कलेजे के साथ भी छल किया है। उसकी घुटन भी मैं पहचान नहीं सकी। अपने स्वार्थ के लिए मैंने क्षितिजा का भी उपयोग किया। क्या सच बोलती तो गाँव के मेरे अन्धभक्त चन्दा इकट्ठा कर क्षितिजा का विवाह नहीं करवाते! क्या मेरे लिए हर तरह के फल, साग-सब्ज़ी, दूध-घी

लाने वाले अन्धभक्त इतना भी ख़र्च नहीं करते! आज वह मेरे लिए चूल्हे के सामने बैठे-बैठे अपने अरमान जला रही है, अपने यौवन को जलाकर ख़ाक कर रही है। हे भगवान! मैंने कितना बड़ा पाप किया है। वह भी एक वर्ष नहीं, कई वर्षों से वही पाप, दो वक़्त की रोटी के लिए। भगवान! यह तुम्हारी महिमा है या इस गाँव के भक्तों का भोलापन? समय के साथ मैं कहाँ से कहाँ चली आयी हूँ। नहीं भगवान! मैं कोई दैवी शक्ति धारण करने वाली गुरु माता भी नहीं हूँ। यह सब इन भक्तों का भोलापन है। मैं भी इन भक्तों की तरह अनाथ हूँ और तुम हम सबके नाथ हो! बस, मैंने तो दो वक़्त की रोटी के लिए इस कुटिया में सबके साथ छल करते हुए जीवन बिताया है। और हाँ, क्षितिजा के अक्षर ज्ञान और ग्रामवासी भक्तों द्वारा दी गयी पुस्तकों के कारण ही ईश्वरीय मार्ग समझ पायी हूँ। मैं भी अनाथ हूँ, तुलसीदास की तरह! उन्हीं के शब्दों में कहती हूँ...

नाथ तू अनाथ को, अनाथ को मो-सो?
मो समान आरत नहिं, आरतिहर तो-सो।।
ब्रह्म तू, हौं जीव, तू ठाकुर, हौं चेरो।
तात, मात, गुरु, सखा तू सब बिधि हितु मेरौ।।
तोहिं मोहिं नाते अनेक मानिए जो भावै।
ज्यों-त्यों तुलसी कृपालु! चरन-सरन पावै।।

हे भगवान! मुझ जैसे पापी को क्षमा करना...।

थोड़ी देर बाद दिनेश प्रसाद स्वीकार करने हेतु गुरु माता को बुलाने आया। देखा तो वह प्रलाप करती नज़र आयीं।

"गुरु माता! गुरु माता!! यह क्या हो गया आपको? कोई हैऽऽ?"

"क्या हुआ दिनेश?" क्षितिजा ने बाहर से आवाज़ दी।

"सेविका! तुम कहाँ हो? दौड़े आना जल्दी!"

"क्या हुआ दिनेश? तुम चिल्ला क्यों रहे हो?" कहते हुए क्षितिजा भीतर पहुँच गयी।

"सेविका! देखो तो सही गुरु माता कुछ बोल नहीं पा रही हैं। और... और।"

"डरो मत दिनेश, क्या हुआ, कुछ कहा गुरु माता ने?"

"नहीं सेविका! कुछ नहीं कहा, अन्त में कह रही थीं–"ज्यों-त्यों तुलसी कृपालु! चरन-सरन पावै।।" इतना ही, बस!"

"दिनेश! अब गुरु माता हमारी नहीं रह गयीं। उन्होंने प्रभु के चरणों में शरण पा ली है।" कहते हुए क्षितिजा ने रोना शुरू कर दिया।

सुबह का भूला...

सफ़र में हमसफ़र का होना भी आवश्यक होता है वरना अकेलापन हमें खाना शुरू कर देता है। इस सफ़र में आदमी जीवन के साथ समाज का अध्ययन भी करता है। उस दिन रेल के सफ़र में समाज से बहुत कुछ सीखने का अवसर मुझे मिला और पता भी चला कि सुबह का भूला शाम को घर लौट आये तो उसे भूला नहीं कहते...

मनोज और मृणाल का जीवन विवाहितों के लिए बहुत कुछ सबक सिखाता नज़र आया। मनोज व्यापारी था। गाँव में अच्छा थोक व्यापार था। व्यापारी मित्रों तथा गाँव के बुज़ुर्गों के साथ भी अच्छी पहचान होने के कारण उसका व्यवसाय दिन दूना रात चौगुना बढ़ रहा था। जवान बेटे ने अपने पैरों पर खड़े होते हुए ज़िन्दगी की शुरुआत की हो तो माता-पिता का कर्तव्य बनता है कि उसके विवाह का भी विचार करें। यही विचार करते हुए मनोज के माता-पिता ने उसके लिए लड़की देखना शुरू किया। आजकल युवतियों का स्वप्न है कि होने वाला पति मुम्बई, पुणे, दिल्ली, अहमदाबाद जैसे महानगरों में रहता हो। वहाँ उसका अपना ख़ुद का फ़्लैट भी हो। विवाह के बाद सास-ससुर के साथ रहना भी उन्हें पसन्द नहीं। मनोज के माता-पिता ने उसके लिए बहुत सारी युवतियों को देखा, कोई पढ़ी-लिखी होती जो व्यापारी युवक को पसन्द नहीं करती, वैसे मनोज नौकरी क्यों करता! उसके पास ही लगभग पन्द्रह-बीस नौकर थे। कोई पसन्द करती पर रंग साँवला होने के कारण मनोज को पसन्द नहीं आती, अगर पसन्द आती तो जायचा (जन्मपत्री) नहीं मिलती। आख़िर मनोज को जीवन साथी के रूप में मृणाल मिल गयी। मृणाल भी कम्प्यूटर उत्तीर्ण थी। उसके माता-पिता ने कड़ी मेहनत

करते हुए उसे पढ़ाई जारी रखने के लिए कहा था। माँ कई घरों में चौका-बर्तन का काम करती थी, पिता फ़ैक्ट्री में वॉचमेन थे। उनकी इच्छा थी कि अपनी जैसी ग़रीबी बेटी के जीवन में न आये, उसे सम्पन्न परिवार मिले इसलिए मृणाल की शादी मनोज के साथ हो गयी। पर मृणाल की इच्छा पिता की तरह महानगर में बिताने की थी। इसीलिए उसने पिता जी जहाँ नौकरी करते थे उसी फ़ैक्ट्री में इंटरव्यू दिया था। पिता ने उसे समझाया था, "बेटा! तू नौकरी करेगी तो तुझे बीस हज़ार से अधिक वेतन नहीं मिलेगा। और हाँ, नौकरी करने वाले युवक से शादी करोगी तो तुझे ज़िन्दगी भर पति के साथ घूमना पड़ेगा। मैंने देखा है, फ़ैक्ट्री में दो-चार वर्षों में इंजीनियर बदलते रहते हैं। फिर जीवन में सेटल कब होंगे और बच्चों की मानसिकता, उनकी शिक्षा के बारे में विचार कब करोगे? जीवन भर भटकते रहेंगे तो समाज के साथ रिश्ता कब जोड़ोगे!"

"पप्पा! यह सब बेवकूफ़ी की बातें हैं। पैसा है तो सब कुछ होता है। समाज भी पद और पैसे के पीछे चलते आता है।"

"बेटा! तू नहीं जानती। मैंने कई लोगों को देखा है। काम में इतना व्यस्त रहते हैं कि किसी से बात करने के लिए फ़ुर्सत नहीं मिलती। घर भी पहुँचेंगे तो एलेक्सा के साथ बातें करते हैं; घर के सदस्यों से नहीं। अब तुम ही बताओ, कुछ भला-बुरा हो जाये या तीज-त्योहार में समाज चाहिए या एलेक्सा?"

"पापा! कमाने के युग में भी रिश्ते निभाते रहेंगे तो जीवन भर कंगाल बने रहेंगे। उम्र ढलने के बाद कमायेंगे कब?"

"बेटा! धन कमाने के साथ रिश्ता निभाना भी उतना ही महत्त्वपूर्ण होता है।" पिता के बहुत समझाने के बाद मृणाल विवाह के लिए राज़ी हो गयी थी।

मायके में सीमित परिवार था, जिसमें माता-पिता और छोटा भाई मात्र थे। दादा-दादी के गुज़रने के बाद चाचा-चाची ने भी अलग घर बसाया था। पिता जी उनके पास वर्ष में दो-तीन बार जाया करते थे परन्तु मनोज का घर इससे हटकर था। गाँव में थोक व्यापार था, दुकान में पन्द्रह-बीस नौकर थे। यहाँ तक कि जब भी नौकर घर आते तो उनके लिए जलपान की व्यवस्था होती। नौकरों को पारिवारिक सदस्य ही माना गया था। मनोज के माता-पिता

ने कड़ी मेहनत करते हुए व्यापार शुरू किया था और देखते-देखते थोक व्यापार तक पहुँच गये थे। गाँव में अच्छा नाम भी कमाया था। ग़रीबी का अनुभव होने के कारण तीज-त्योहार के अवसर पर दान-धर्म किया करते थे। गाँव में किसी की शादी हो तो सहायता के लिए हमेशा तत्पर, चाहे एंगेजमेंट हो, शादी हो, गोद भराई हो या सुख-दुख के क्षण, हमेशा उनके घर जाना, उनकी सहायता करना अपना कर्तव्य मानते थे। यह सब उनके मिलनसार व्यवहार, मधुर वाणी का परिणाम था। मृणाल के लिए यह सब नया था। घर में हमेशा लोगों का आना-जाना, घर हमेशा रिश्तेदारों से भरा होने के कारण मृणाल संकोच का अनुभव करती रही। मनोज भी उसे हर कार्यक्रम में साथ ले जाता, कभी माँ के साथ कार्यक्रम में उपस्थित रहने के लिए कहता। मृणाल अपने सास-ससुर के साथ दो-चार बार अवश्य गयी परन्तु समारोह में लोगों का उनके पैर छूना और सास-ससुर द्वारा उनकी सहायता करना उसे रास नहीं आया। यहाँ तक कि महानगर में पली-बढ़ी मृणाल गाँव में हमेशा पारम्परिक पहनावे से घुटन महसूस करती रही। मायके में पिता जी सस्ते ड्रेस तथा टी शर्ट दिलाते, पैंट-शर्ट ही कॉलेज यूनिफॉर्म होने के कारण ससुराल में दिनभर साड़ी पहनना पसन्द नहीं आता। घर में हमेशा मेहमानों तथा नौकरों के आने-जाने के कारण न ही वह गाउन पहन सकती और न ही पैंट-शर्ट। वैसे तो ससुराल में सास-ससुर, देवर, जेठानी, ननद आदि उसे 'मनु' नाम से पुकारते, पति का नाम मनोज इसलिए पत्नी का नाम मृणाल के बदले 'मनु'। उसे यह भी पसन्द नहीं आया, उसने दो-चार बार पति से बात करते हुए नौकरी करने की इच्छा व्यक्त की, "आख़िर मेरी पढ़ाई का फ़ायदा कब होगा?"

"इतने बड़े व्यापार का कारोबार तो हमें ही सँभालना है। यदि चाहती हो तो माँ के साथ दुकान में आकर कम्प्यूटर और कैश काउंटर सँभालना। यह सब अपना ही तो है।" पति ने समझाते कहा था।

"होगा सब आपका, मेरे लिए इसका क्या लाभ है?"

"अरी मनु! तू यह क्या कह रही है! अपना ही तो सब कुछ है। इसे पराया मानना उचित नहीं है।"

पति के लाख समझाने पर भी मृणाल समझ नहीं पायी। महानगरीय

चकाचौंध जीवन, रोज़ श्याम गार्डन में घूमना, मॉल में शॉपिंग करना आदि से वह परिचित थी। यहाँ तक कि उसकी कई सहेलियाँ बेंगलुरु, अहमदाबाद, चेन्नई, मुम्बई में वैवाहिक जीवन बिता रही थीं। मृणाल रोज़ उन्हें फ़ेसबुक, व्हाट्सएप पर अपडेट पाती, उन्हें कमेंट करती पर गाँव के जीवन में उन बातों से दूर रहती। आख़िर एक दिन उसने महानगर की फॉरेन कम्पनी में नौकरी करने की इच्छा व्यक्त की तो घर में मानो भगदड़ मच गयी। सास-ससुर ने लाख समझाते हुए कहा कि कम्पनी के बीस हज़ार वेतन के बदले दुकान में बैठकर कम्प्यूटर सँभाले। पर मृणाल उसे ग़ुलामी का नाम देकर इनकार करती रही। बात बढ़ती गयी और मृणाल का स्वास्थ्य ढलता रहा। इसी तरह शादी का दूसरा वर्ष शुरू हुआ तो घर के सदस्यों के साथ रिश्तेदार भी उससे सन्तान की अपेक्षा करते रहे। मृणाल की नवविवाहित सहेलियाँ मैरिड लाइफ एंजॉय कर रही थीं तो मृणाल के घर के सदस्यों का ऐसी अपेक्षा करना उसकी इच्छा के विरुद्ध था। उसका मन इन बातों का विरोध करता रहा और देखते-ही-देखते घर में तनातनी बढ़ती रही जिसका परिणाम मृणाल-मनोज दोनों को भुगतना पड़ा। मृणाल सहेली की शादी का बहाना कर मायके चली गयी। दस-पन्द्रह दिन बाद भी ससुराल नहीं लौटी। पति के पूछने पर भी नहीं गयी। आख़िर दोनों परिवार के सदस्यों ने चर्चा की, पति-पत्नी में भी आरोप-प्रत्यारोप हुए, सास-ससुर के समझाने पर भी उसने ससुराल आने से इनकार कर दिया। चार-पाँच महीने समझाने में चले गये। मामला तलाक़ तक चला गया और दोनों ने तलाक़ लिया।

मृणाल मानो तो दलदल से बच गयी थी, पर बचती कैसे! दलदल में रखा पैर धँसता ही जाता है। हुआ वैसे ही, मृणाल ने मायके रहकर ही फॉरेन कम्पनी में नौकरी करना स्वीकार कर लिया। रोज़ सुबह नौ बजे कम्पनी जाती तो रात आठ बजे घर लौटती। अपनी तनख़्वाह पिता जी को देती थी। उन्हें भी दो-चार महीने अच्छा लगा पर जवान बेटी को घर में कितने दिन रखेंगे, समाज क्या कहेगा इसका भय माता-पिता को सताने लगा। आख़िर समझाने पर वह दूसरी शादी के लिए तैयार हुई। यहाँ तक कि उसका कम्पनी के एम्प्लॉयर शैलेश से परिचय भी हुआ था, दोनों कभी-कभी गार्डन भी जाते थे। दोनों का दोपहर का भोजन एक साथ होता, प्यार बढ़ता गया। परन्तु

उसके तलाक़शुदा होने का पता चलने पर शैलेश ने उसके साथ विवाह से इनकार कर दिया। विवाह के भरोसे ही दोनों का शारीरिक सम्बन्ध भी हुआ था। वैवाहिक जीवन का विचार करते हुए शैलेश ने फ़्लैट भी बुक किया था परन्तु मृणाल का पूर्व जीवन जानकर उसके साथ बोलना ही बन्द किया और कम्पनी छोड़कर चला गया। जीवन के इस मोड़ पर पछतावा के सिवा हाथ कुछ भी नहीं लगा। वह अपने माता-पिता से कुछ कह नहीं पायी, एबॉर्शन के साथ नॉर्मल बनकर रहने लगी। इन सबका परिणाम उसके मन पर भी होता रहा। "किसी अबला के साथ समाज का यह शोषण नारी के लिए अभिशप्त जीवन है या नारी को ईश्वर का दिया शाप है। यदि जन्म न दिया होता इससे अच्छा होता...।" वह सोचती रही पर जन्म लेना न लेना उसके हाथ में कहाँ है, जन्म लेने पर कैसे जीना है यह तो उसके हाथ में ज़रूर था। आख़िर दूर के रिश्तेदार में विधुर सुहास के साथ उसके विवाह की बात आगे बढ़ी। सुहास की पत्नी की डेंगू के कारण मृत्यु हुई थी। उसके माता-पिता ने विधुर बेटे के लिए मृणाल को पसन्द किया। सुहास और मृणाल में चर्चा भी हुई। सुहास के माता-पिता पूछताछ करने हेतु मनोज के गाँव चले गये, उससे चर्चा भी हुई। दो-चार दिन बाद सुहास ने मनोज से मिलते हुए बातचीत की। न ही मनोज ने और न ही उसके माता-पिता ने मृणाल पर आरोप लगाया। उन्होंने मृणाल के सन्दर्भ में कोई शिकायत या आपत्ति भी नहीं उठाई। सभी के साथ चर्चा के बाद विधुर सुहास के साथ मृणाल का वैवाहिक जीवन शुरू हुआ। वह प्राइवेट स्कूल में क्लर्क था। सुबह आठ बजे जाता तो दोपहर दो बजे तक घर लौटता। मृणाल ने सुहास के ही शहर में कम्पनी ज्वाइन की। उसे अच्छा पैकेज मिला परन्तु कम्पनी में अधिक समय तक ठहरना पड़ता। सुबह नौ से शाम छह तक कम्पनी में काम करना, घण्टे भर सफ़र कर घर लौटने में सात बज जाते तो पति-पत्नी का मिलकर घूमना नहीं होता। फिर भी दोनों फ़ुर्सत निकालकर कभी-कभी घूमने जाते, शॉपिंग भी करते। रात आठ बजे घर लौटकर वह रसोई कब बनाती इसलिए पति से सहायता की अपेक्षा करती रही। सुहास ने एडजस्ट करने का प्रयास किया, पर देखते-देखते उसकी ज़िम्मेदारी बढ़ती रही। मृणाल ने पति को सुबह-शाम झाड़ू मारने तथा दोपहर में घर में बैठने के बदले उसके कपड़े प्रेस करने के लिए

कहा। सुहास की पूर्व पत्नी ने ऐसा कभी नहीं कहा था। उसे मृत पत्नी सीमा की याद आती रही। घर के सारे काम करते हुए सुबह-सुबह भोजन के बाद ऑफ़िस जाते समय टिफिन देने वाली सीमा, दोपहर घर में स्कूल के काम करने के बदले एकाध घण्टा आराम करने की सलाह देने वाली सीमा और काम करने के लिए कहने वाली मृणाल में अन्तर था। परन्तु यह भी सच था कि मृणाल कमाऊ पत्नी थी और सीमा नौकरी नहीं करती। फिर भी सुहास ने घर में बर्तन माँजने, कपड़े धोने, झाड़ू-पोछा करने के लिए कामवाली को रखा। सुबह थोड़ा बहुत काम कर मृणाल कम्पनी जाया करती और शाम सात बजे घर लौटती। एक दिन मृणाल जल्दी घर लौटी तो उसने काम से घर लौटती नौकरानी के हाथ में नया बैग देखा। नौकरानी से तो कुछ पूछा नहीं। पर पूछने पर सुहास ने ज़रूर बताया कि उसके बेटे के जन्मदिन के अवसर पर नये कपड़े ख़रीद लाये थे। मृणाल के मन में सन्देह होता रहा। सन्देह मनुष्य को आगे बढ़ने से रोकता ही नहीं बल्कि रिश्तों में खाई निर्माण करता है। मृणाल ने युवा नौकरानी को काम से निकालना भी उचित नहीं माना। स्वयं कभी-कभी शाम के बदले आधी छुट्टी लेकर घर लौटती। देखती तो पति कभी पढ़ते नज़र आता तो कभी पौधों को पानी देते नज़र आता और नौकरानी घर के काम करती नज़र आती। फिर भी उसका सन्देह कम नहीं हुआ। सुहास भी पत्नी की इन हरकतों को सह नहीं पाया और दोनों में बढ़ते मनमुटाव ने नफ़रतों के बीज बोना शुरू किया। और उसके व्यवहार से तंग सुहास उसे समझाने में असफल रहा। देखते-देखते दोनों में बढ़ते तनाव के कारण सुहास के प्राणपखेरू उड़ गये। सुहास के साथ विवाह की एक वर्ष की यात्रा भी पूरी नहीं हो सकी। मृणाल ने वहाँ रहने के बदले भविष्य में माता-पिता के पास ही जीवन बिताना तय किया और अपना सामान लेकर मायके चली गयी। सामान बटोरते समय उसे अचानक चिट्ठी नज़र आयी। उसने चिट्ठी देखी, सुहास ने ही लिखी थी–

"मृणाल! विवाह मनुष्य के लिए पवित्र बन्धन होता है, यह पति-पत्नी दोनों के जीवन में प्रेम वृद्धिगत करता है। इसमें किसी के मन में सन्देह होना दूध में खटास जैसे होता है जो दोनों के लिए उचित नहीं। दिनभर कम्पनी में काम करने पर मैंने तुझ पर कभी शक नहीं किया, जबकि ग़रीब नौकरानी

के बच्चों के लिए ख़रीदे कपड़े के लिए तेरा टोकना उचित नहीं लगा। यों तो तूने ही उसकी सहायता करने के लिए कहा था पर उस पर बेकार में बहस करना मैंने उचित नहीं माना। छुट्टी में घूमने की तेरी इच्छा थी पर मेरे कहने पर भी तैयार नहीं हुई। मनोज के साथ घूमने की तेरी इच्छा होती पर वह बढ़ते व्यापार के कारण समय नहीं दे पाया। पर मृणाल! तुझे पता है वह ख़रीद के लिए जाते समय तुझे अपने साथ ले जाता। हैदराबाद, दिल्ली घूमते हुए तुझे बहुत कुछ दिखाया भी है। उसने तेरे लिए क्या नहीं किया! जन्मदिन के अवसर पर ग़रीबों की सहायता की, देहात में होने पर भी सप्ताह में एक बार काम का बहाना कर तुझे शहर ले जाता, तुम फ़िल्म देखते, शॉपिंग करते। फिर भी तेरी शिकायत थी। यद्यपि वहाँ तेरी नौकरी की इच्छा पूर्ण न होती पर जीवन में सुख तो था। इतना ही नहीं तेरे बारे में पूछताछ करने पर भी उसने एक शब्द भी शिकायत नहीं की बल्कि तेरी याद में आँखों से आँसू छलक पड़े थे। और तूने तो मेरे पूछने पर उसे क्या-क्या नहीं कहा। मैं मनोज को भली-भाँति जानता हूँ मृणाल! वह आज भी तुझे चाहता है, तुझे याद करता है। उसने दूसरी शादी करने से इनकार भी किया है। उसे पाप मानता है।...तू उसे ठीक से समझ नहीं पायी मृणाल! अब भी समय है, तू मनोज का ज़रूर विचार करना। मैं तुम दोनों के बीच बाधा नहीं डालना चाहता। मेरी मृत्यु के बाद तू मनोज का स्वीकार कर! वह चाहता तो अपनी सम्पत्ति के बल पर किसी भी कुँवारी के साथ ब्याह कर सकता पर उसका स्वभाव कुछ अलग है। वैसे तो जूठा अन्न कोई नहीं खाता फिर भी वह तेरा स्वीकार करेगा, मुझपर भरोसा रख और उसके साथ जीवन का आनन्द लेना...

तेरा प्राणेश्वर,
सुहास"

चिट्ठी पढ़ते ही ग़ुस्सा भी आया और आँसू भी छलक पड़े फिर भी हृदय कठोर बनाने के सिवा कुछ कर नहीं पाती, सो माता-पिता के पास चल पड़ी। पिता के साथ कम्पनी में नौकरी करती रही। "घर में जवान कन्या रहेगी तो समाज क्या कहेगा।" उसके पिता जी सोचते रहे। यहाँ तक कि मृणाल ने वैवाहिक जीवन का सुख लिया था तो अकेलापन उसे कुरेदता रहेगा। हर तरह से विचार करने, चाचा-चाची तथा माता-पिता के समझाने पर उसने

पुनर्विवाह का विचार किया। वह विचार नहीं था बल्कि उसे वह एडजस्टमेंट मानती थी। बढ़ते समय के साथ उसने मनोज, शैलेश, सुहास के साथ बिताये पलों को याद किया। अब भविष्य नियति के हाथों था।

माता-पिता के साथ चाचा-चाची ने भी मृणाल के लिए योग्य लड़का देखना शुरू किया पर तलाक़शुदा के साथ विवाह के लिए कुँवारा युवक तैयार नहीं हुए। आख़िर वधू-वर परिचय सम्मेलन में जाना तय हुआ। वहाँ नवयुवकों के साथ-साथ विधुर तथा तलाक़शुदा उम्मीदवार भी जीवनसाथी की खोज में थे। मृणाल ने वहाँ मनोज को देखा और मनोज ने भी उसे देखा, पर बातचीत नहीं की। माता-पिता के बहुत कुछ समझाने पर मनोज वधू-वर सम्मेलन में पहली बार आया था। मृणाल के माता-पिता ने कई तलाक़शुदा युवकों के साथ-साथ कुँवारे युवकों से मृणाल का परिचय करवाया। मृणाल ने भी उनके साथ बातचीत की पर उसे कोई युवक पसन्द नहीं आया। तीन-चार तलाक़शुदा तथा विधुर युवकों ने मृणाल को पसन्द भी किया था पर उनका अतीत सुनते हुए मृणाल ने इनकार किया। उसे अपना अतीत याद आता रहा तथा रात भर वह सो नहीं पायी। वधू-वर सम्मेलन में ऐसे भी युवक थे जिनके तलाक़ के आठ-दस वर्ष बीत चुके थे। यहाँ तक कि कोई अधेड़ उम्र के भी थे। "आठ-दस साल की सन्तान होने पर भी विवाह की इच्छा रखने वाले क्या क्षुधा मिटाने हेतु विवाह करते हैं?" मृणाल मन-ही-मन सोचती रही। उम्र बीतने पर वैवाहिक जीवन से लाभ ही क्या है, ज़िन्दगी भर कमाये धन का क्या करना है? स्त्री के बिना पुरुष तथा पुरुष के बिना स्त्री अधूरी है। किसी तलाक़शुदा के साथ विवाह भी किया तो क्या वह भविष्य में स्वतन्त्रता देगा, क्या दोनों के विचार एक समान होंगे, क्या पति के साथ हमेशा घूमते रहना या एन्जॉय करना ही विवाह कहलाता है, विवाह दो शरीर का मिलन है या दो मन मिलते हैं। दो शरीर का मिलन होता तो शैलेश ने धोखा क्यों दिया जैसे कई प्रश्न उसे बेचैन करते रहे। फिर भी उसी बेचैनी के साथ कई वधू-वर परिचय सम्मेलनों गें उपस्थित रहने लगी। इंजीनियर तथा अच्छा-ख़ासा वार्षिक पैकेज होने पर भी कोई उसे पसन्द नहीं करते।

उधर मनोज के साथ भी वैसे ही होता रहा, दो-चार वधू-वर सम्मेलनों में उपस्थित रहने पर भी कुँवारी तो दूर तलाक़शुदा युवती भी पसन्द नहीं

करती तो मनोज ने भी उदास होकर विवाह का विचार ही छोड़ दिया था। सौन्दर्य या सम्पत्ति ही विवाह की इच्छा रखने वालों की कसौटी नहीं है, वह समझ गया। सम्पत्ति के साथ व्यवहार, स्वभाव, पारिवारिक वातावरण तथा समझदारी आदि भी महत्त्वपूर्ण हैं। घर में सभी के टोकने तथा बार-बार समझाने के कारण मनोज ने किसी ग़रीब युवती से विवाह करना तय किया परन्तु असफल रहा। आख़िर ग़रीब माता-पिता भी अपनी कुँवारी कन्या का विवाह तलाक़शुदा के साथ करने कैसे तैयार होंगे! "लोगों ने पिछले कई दिनों में जो कन्या भ्रूणहत्याएँ की हैं उसका परिणाम है कि स्त्री का परिमाण घटता गया है। अब जो हैं उनकी अपेक्षाओं का बढ़ना भी स्वाभाविक है। बहुत कम युवतियाँ संयुक्त परिवार में जाने की इच्छा रखती हैं। सास-ससुर, देवर, जेठानी, ननद फिर उनके रिश्तेदारों का हमेशा घर आना-जाना, बढ़ती महँगाई में घर चलाना हो तो संयुक्त परिवार से भी ऐसा युवक पसन्द करती हैं जो स्वतन्त्र रहता हो, अच्छा पैकेज भी हो और गाँव में ज़मीन भी।" मनोज सोचता रहा। उसे मृणाल के साथ बिताये दिन याद आते रहे। दिल्ली-हैदराबाद घूमना, सेल्फी लेना, मॉल में समय बिताना और मस्ती याद आती रही। आख़िर एक दिन उसने मृणाल को फ़ोन किया। तीन-चार बार फ़ोन करने पर भी रिसीव नहीं किया। मृणाल के मोबाइल में मनोज का नम्बर सेव था। दो-चार दिन बाद अन्य नम्बर से फ़ोन किया तो मृणाल ने फ़ोन रिसीव किया।

"हैलो मृणाल! प्लीज़ फ़ोन मत काटना! तुमसे ज़रूरी बात करनी है।"

"..." मृणाल ने कुछ बोलना उचित नहीं माना।

"मैं तुम्हें जानता हूँ मृणाल! इसमें हम में से किसी का भी दोष नहीं बल्कि वह नासमझदारी थी। मैं तुमसे अब भी...।" फ़ोन काट दिया गया था। दोबारा फ़ोन करते हुए मनोज ने कहा, "मृणाल, मैंने तुम्हारे साथ अन्याय किया है। दिन भर दुकान में ही बैठे रहने के कारण तुम्हारी ओर ध्यान नहीं दे पाया। वह मेरी भूल थी, अब मैं तुमसे बात करना चाहता हूँ। तुमसे मिलना है।" इतना कहने पर भी मृणाल ने उत्तर नहीं दिया बल्कि फ़ोन काट दिया। आख़िर एक दिन मनोज ख़ुद उसके कम्पनी के मैनेजर से जा मिला, पूरी हक़ीक़त बतायी। मैनेजर गोपाल प्रसाद शर्मा साठ वर्ष के थे। उन्होंने कई

बार दोनों से पर्सनली बातचीत की। अन्त में दोनों को अपने केबिन में बुलाते हुए समझाया, "दो-चार दिनों से भूखे व्यक्ति को कहीं अचानक दो-चार ब्रेड और रुपये एक साथ मिले तो वह यही सोचते हुए रुपये उठायेगा कि बासी ब्रेड खाने के बदले रुपये ले जाकर कहीं ताज़ा अन्न खा लूँगा परन्तु आसपास कहीं पसन्दीदा ताज़ा अन्न न मिलने पर उसी ब्रेड के पास जाकर उसे खा लेगा।...मेरी बात समझने का प्रयास करो। मैं तुम्हारे माता-पिता को फिर से समझाऊँगा।" गोपाल प्रसाद शर्मा ने उन्हें समझाते हुए आगे कहा, "विवाह एक स्थायी सम्बन्ध होता है। इसमें पति-पत्नी को एक-दूसरे का दिल जीतने और परिवार को आगे बढ़ाने में एक-दूसरे का सहयोग देना है। किसी के वैवाहिक जीवन में तनाव निर्माण हो जाये तो धागा जोड़ने में समझदारी से काम लेना पड़ता है। सुख-दुख के धागों से ही वैवाहिक जीवन आगे बढ़ता है जैसे ताना-बाना से कपड़ा बुना जाता है। ताना बाना की सहायता करता है और बाना ताना की सहायता करता है। दोनों में कोई अड़ियल बन जाये तो कपड़ा ठीक नहीं बुना जायेगा। मानव जीवन भी सुख-दुख के धागों से बुना जाता है, बस आवश्यकता है कि जीवन के लिए धागे का सही उपयोग किया जाये। धागा जुड़ने में तथा टूटने में अधिक समय नहीं लगता है, समय लगता है टूटे हुए धागों को सँवरने और सँभलने में। किसी का दिल तोड़ने से भी दिल सँभालना महत्त्वपूर्ण माना जाता है। आर्थिक हितों की रक्षा, मानसिक सन्तोष प्रदान करना, संस्कृति का एक पीढ़ी से दूसरी पीढ़ी को हस्तान्तरण करना महत्त्वपूर्ण माना जाता है। इसे ही वैवाहिक जीवन की सफलता कहा जाता है।" दोनों ने बात मान ली। गोपाल प्रसाद शर्मा का काम आसान हुआ। वे स्वभाव के फक्कड़ पर दयालु, मिलनसार और समाज हितैषी थे। उन्होंने कई बार वधू-वर परिचय सम्मेलनों में अतिथि के रूप में अभिभावकों को समझाते हुए कहा था–"जिनके बेटे इंजीनियर, डॉक्टर, प्रोफ़ेसर या बड़े व्यापारी हैं वे यह न समझें कि समाज आपके बेटों से ही चलता है। यहाँ भंगी, लुहार, बढ़ई, प्लम्बर, साइकिल रिपेयर करने वाला, फ़ुटपाथ पर बैठकर बूट पॉलिश करने वाला तथा सफ़ाई कर्मचारी भी देश चला रहे हैं। रहीमदास ने कहा है–

रहिमन देखि बड़ेन को, लघु न दीजिए डारि।
जहाँ काम आवै सुई, का करै तरवारि।।

अब कन्याओं के माता-पिता की ओर आता हूँ। आप यह मत सोचना कि आपकी उच्च शिक्षित, ऊँची पैकेज वाली कन्या ही श्रेष्ठ है। आपको कम शिक्षा वाले, देहाती, अनिकेत, खेती करने वाला, आप से दूर रहने वाला, ऐनकधारी लड़का पसन्द नहीं। अब मुझे यह बताना कि आप अपनी कन्या का विवाह कब करोगे? अरे भाई! यह तो सोचो कि बच्चों की उम्र बढ़ती जा रही है। विवाह कब करोगे उनका, वे माता-पिता कब बनेंगे, आप दादा-दादी, नाना-नानी कब बनोगे? लड़का देहात में रहता है इसलिए पसन्द नहीं, खेती करता है इसलिए पसन्द नहीं, वेतन कम है इसलिए पसन्द नहीं, मुझे बताओ कि आपकी उच्च शिक्षित कन्या को रसोई बनाना आता है, क्या वह सिलाई-कढ़ाई जानती है, क्या वह खेती करना जानती है? फिर भी नौकरी करने वाले युवकों से खेत की अपेक्षा करते हो, थोड़े ही आप या आपकी कन्या खेती करने वाले हैं? मेरे बन्धुओ! हमें अपने बच्चों पर विश्वास रखना आवश्यक है, वेतन कम होने पर भी भविष्य में वेतन बढ़ेगा इस पर भरोसा रखना है, सभी एम.बी.ए., सी.ए., डॉक्टर, इंजीनियर, प्रोफ़ेसर, कई लाख रुपये पैकेज वाले युवकों की अपेक्षा करते होंगे तो बाक़ी युवकों का क्या होगा, उनकी शादी कैसे होगी, जब से हमने विवाह में पैसा, पद, प्रतिष्ठा को अनावश्यक महत्त्व दिया है तब से समाज में अन्याय, अत्याचार, यौन शोषण तथा तलाक़ का प्रमाण बढ़ता जा रहा है। विवाह में भौतिक सुख से भी मानसिक सुख, सहभागिता, समझौता, अनुराग को महत्त्व दिया जाना चाहिए।" गोपाल प्रसाद शर्मा की बातों में जादू होता, सभी उन्हें मानते थे।

एक दिन उन्होंने मृणाल तथा मनोज के माता-पिता को बुलाया और समझाया, वे भी राज़ी हो गये। बस और क्या चाहिए था, एक क़दम आगे बढ़ते हुए मृणाल के जन्मदिन के अवसर पर ही मनोज के साथ उसके माता-पिता को भी बुलाया। अपनी फ़ैक्ट्री में पार्टी रखी और दोनों को एक साथ केक काटने के लिए कहा। मृणाल भी दंग रह गयी। बढ़ते तनाव के कारण वह अपना जन्मदिवस भी भूल गयी थी। मैनेजर ने उसका बर्थडे मनाने के

साथ ही दो जीवों को मिलाने का काम किया था। उसकी आँखें डबडबायीं। उधर मनोज के माता-पिता ने भी गोपाल प्रसाद को धन्यवाद ज्ञापित किया। गोपाल प्रसाद ने कहा, "विश यू हैप्पी बर्थडे एंड हैप्पी मैरिड लाइफ़ मृणाल! मनोज, तुम्हें भी वैवाहिक जीवन की शुभकामनाएँ! सुबह का भूला शाम घर आये तो उसे भूला नहीं कहते...इसे सदा के लिए याद रखो..." इस बात पर सभी ने ताली बजायी...यह सब सुनते-सुनते मेरा सफ़र भी सुखद रहा और समय भी कटता रहा!

त्याग

उस अनाथ के जीवन का नाम अमित था पर ज़िन्दगी में सर्वहारा था। समझ आने से पहले ही माँ की छाया चली गयी थी। अमित से पहले अवतीर्ण हेमा तो नाना-नानी के पास होने के कारण ब्याह के बाद उन्हीं के घर बहू बन कर रह गयी। उसके लिए जीवन वरदान ही साबित हुआ क्योंकि मायके में रोटी के अभाव में जीने से भी बेहतर ससुराल में सुख-सुविधा युक्त जीवन प्राप्त होना हेमा के लिए सौभाग्य की बात थी।

हुआ यों था कि अमित के पिता जी चन्दन का ब्याह सोलहवें वर्ष में ही हुआ था। गाँव में पिता जी का छोटा व्यापार था, आमदनी सामान्य थी। चन्दन और उसके भाई भी मेहनती थे इसलिए पहले चन्दन के बड़े भाई पद्मराज की शादी हुई और उसके बाद तुरन्त चन्दन की शादी हुई। ब्याह के बाद चन्दन का अपना सब कुछ ठीक चल रहा था। वह गाँव में दुकान देखता और साथ में दो एकड़ खेती में भी उसकी अच्छी रुचि थी। दिखने में गठा बदन और सौन्दर्य ने उसकी शादी में अच्छा योगदान भी दिया था। ग़रीब घर से आयी चन्दन की पत्नी शशि दिखने में सुन्दर थी। रूपवती, गुणवती तो थी ही साथ ही घर के सारे काम स्वयं अकेली करती थी। पद्मराज की पत्नी उम्र में बड़े होने के कारण अपना रौब दिखाया करती थी इसलिए घर के सारे काम शशि के नाम से ही तय हुआ करते थे। वह सुबह जल्दी उठती, ससुर के लिए पानी गर्म करना, पूजा-पाठ करना, तुलसी चबूतरे को पानी देना, रसोई बनाना, झाड़ू- पोछा करना, बर्तन माँजने से लेकर कपड़े धोने तक के सारे काम उसी के नाम से हुआ करते थे। ऐसे चन्दन की पत्नी शशि

सही मायने में चन्दन की लकड़ी की तरह थी, जो अपने आप को समर्पित करते हुए दूसरों को शीतलता देने का काम करती, परन्तु चन्दन की पत्नी शशि का जीवन सूरज की तेज किरणों से मुरझा रहा था। वह पीलिया रोग से पीड़ित थी, डॉक्टर ने भी हर तरह का इलाज किया, परन्तु कुछ फ़ायदा नहीं हुआ। हेमा तीन साल की थी जब अमित का जन्म हुआ था। पीलिया रोग से बीमार पड़ी शशि उसी में चल बसी। शशि की मृत्यु के बाद चन्दन कई दिनों तक उदास ही रहा करता था। उसकी कन्या हेमा तो ननिहाल चली गयी थी। ननिहाल में उसके नाना-नानी उसकी देखभाल किया करते थे, क्योंकि वे उसे माँ की ममता से दूर रखना पसन्द नहीं करते थे। उन्होंने हेमा को अपने पास रख लिया, परन्तु चन्दन की ज़िद के कारण बालक अमित अपने विधुर पिता चन्दन के पास रहने लगा। चन्दन कई दिनों तक शिशु अमित की ओर देखता और रोता रहता था। लोगों ने चन्दन को बहुत समझाया, वह मान भी गया परन्तु यह कुछ दिनों तक ही रहा। कुछ महीनों के बाद चन्दन को अकेलापन खलता रहा। सो उसने रिश्तेदारों में ही कहीं विधवा सुमित्रा के साथ ब्याह कर लिया। सुमित्रा भी दिखने में सुन्दर थी, दिल का दौरा पड़ने से उसके पूर्व पति की मृत्यु हुई थी। पति की मृत्यु के बाद सुमित्रा चार-पाँच महीने के लिए ससुराल में थी, परन्तु उसके माता-पिता के समझाने पर ससुराल वालों ने बात मान ली इसलिए वह सुमित्रा को अपने मायके ले जा सके। वह मायके में थी तभी चन्दन के मित्रों ने एक दिन विधवा सुमित्रा के साथ विवाह का प्रस्ताव रखा। आख़िर सुमित्रा के माँ-बाप भी सुमित्रा के हाथ चन्दन के हाथों सौंपने के लिए तैयार हो गये।

चन्दन के लिए जीवन में वह बसन्त की बहार ही थी क्योंकि पत्नी शशि की मृत्यु के बाद अकेलेपन तथा उदासी के कारण चन्दन कोई भी काम ढंग से नहीं करता था। न ही खेत में उसका मन लगता और न ही व्यापार में उसका मन लगता था, इसलिए उदासी के कारण वह कभी-कभी अपने बेटे अमित की भी पिटाई करता था। वह सोचता यदि अमित न हुआ होता तो मैं साधु बन जाता। अब ज़िन्दगी में है ही क्या कि मैं संसार में रुचि रखूँ। डूबते हुए को तिनके का सहारा इस कहावत के अनुसार चन्दन को कहीं सुमित्रा

का सहारा मिल गया और देखते-देखते चन्दन और सुमित्रा का जीवन सुख से बीतने लगा।

चन्दन और सुमित्रा तो अपने वैवाहिक जीवन का आनन्द ले रहे थे, परन्तु अमित कभी चन्दन को तो कभी सुमित्रा को बाधा के रूप में नज़र आता। माँ तो आख़िर माँ ही होती है। माँ की ममता सौतेली माँ से तो नहीं मिल सकती। आख़िर अमित का जीवन डूबती नैया की तरह बनता नज़र आ रहा था। छोटे बच्चों का मन सोख्ते की तरह होता है, जो पानी की एक बूँद भी खींच लेता है। यद्यपि अमित उम्र में छोटा था फिर भी दुनियादारी समझ रहा था। घर आयी सौतेली माँ कभी उसे झिड़काती तो कभी बासी रोटी देती। उसके लिए कपड़े भी पुराने आते थे बाज़ार से, जबकि चन्दन ने नये कपड़े ख़रीदने की बात कही थी। अमित छह वर्ष का था। वह सौतेली माँ के कारनामे अपनी आँखों से देखता था। उसे घर में झाड़ू मारना पड़ता था, कभी-कभी धोए हुए कपड़े सूखने का काम करना पड़ता, कभी गेहूँ-जुआर पीसने के लिए जाना पड़ता, इतना ही नहीं सार्वजनिक नल में पानी न आने पर उसे कुएँ से पानी लाना भी पड़ता।

विवाह के कुछ ही महीनों बाद सुमित्रा के पैर भारी हो गये। उसने भी बच्चे को जन्म दिया। देखते ही देखते बच्चा भी बड़ा होता रहा। तब तो चन्दन का मुँह बन्द होता रहा। उस बच्चे की देखभाल की ज़िम्मेदारी भी अमित पर सौंपी गयी। सभी काम करने के बाद भी अमित को पेटभर अन्न मिल नहीं पाता। यदि बालक को चलते हुए कहीं चोट भी लगी तो अमित का कुछ ख़ैर नहीं था। उस बालक के लिए नये कपड़े आ जाते, उसका जन्मदिन मनाया जाता, पर अमित के पूछने पर अपमान किया जाता। अपमान के घूँट पीकर भी अमित ख़ामोश रहता। यही सोचता कि माँ आज न कल सुधर जायेगी, पर ऐसा नहीं हुआ। पिता जी को भी ख़ामोश बैठे देख अमित का बालमन कुछ और ही सोचता।

आख़िर अमित ने अपनी शिक्षा अधूरी छोड़कर गाँव से भाग जाने का विचार किया, परन्तु कम उम्र में कहाँ जाये, कैसे जाये, कहाँ रहे और आगे भावी जीवन का क्या होगा जैसे प्रश्नों के उत्तर न मिलने पर गाँव के ही

किसी लंगर में काम करना तय किया। एक दिन सुबह बिना किसी को बताये घर से चल पड़ा। दोपहर हुई, दिन ढल गया, शाम भी हो गयी। यहाँ तक कि रात गुज़र गयी, परन्तु अमित के घर न लौटने पर पिता की चिन्ता बढ़ गयी। आख़िर अमित उसका ही बेटा था इसलिए उसका पत्थर दिल हृदय भी पिघल गया था क्षण भर के लिए। सुबह उठकर वह अपने गली-मुहल्ले में तथा गाँव के कोने-कोने में अमित को ढूँढ़ता रहा। आख़िर पिता जी ने अमित के लंगर में काम करने का समाचार सुना। चन्दन ने दोपहर जाकर देखा तो अमित के चेहरे पर मासूमियत झलक रही थी। वह लंगर में किसी कोने में बैठकर भोजन करता हुआ नज़र आया। जैसे ही चन्दन ने अमित को देखा वह दौड़ते हुए उसके पास गया और उसे अपने सीने से लगाया। अमित भी पिता जी को देखते ही क्षण भर के लिए सकपका गया। परन्तु अडिग रहने के कारण उसने अपने पिता जी से स्पष्ट रूप से कहा, "बाबा! अब आप मेरा ख़याल मत रखना। मैं क्या घर में रहूँ तो भी अनाथ हूँ और लंगर में रहूँ तो भी अनाथ ही हूँ क्योंकि घर में भी माँ का साया नहीं तथा बाहर रहने पर भी माँ का साया नहीं। पर ऐसा न लगे मेरी सौतेली माँ को कि उसका बच्चा अनाथ बन गया है इसलिए आप बेफ़िक्र होकर घर चले जाना। इसी में आपका और मेरे सौतेले भाई का भला है।"

अमित की बात सुनते ही चन्दन बाप होकर भी दोनों हाथ जोड़ता रहा। उसके मुँह से शब्द नहीं निकल रहे थे। आख़िर अमित ने ही चन्दन से कहा, "बाबा! आपके घर जाने में ही सबकी भलाई है। तुम्हें मेरी और माँ की क़सम है। यह मत सोचना यह मैं अनाथ हूँ बल्कि यही सोचना ईश्वर मेरे साथ हैं और माँ का साया मेरे साथ है।" इतना कहते हुए अमित वहाँ से उठकर लंगर के रसोई घर में चला गया। चन्दन ने उसका पीछा करने का प्रयास किया पर अमित नहीं मिल सका। आख़िर हारकर चन्दन अपने घर लौट पड़ा। अमित कुछ दिनों के लिए लंगर में काम करता रहा। उसके बाद गुरुद्वारे के परिवेश में धार्मिक किताबें बेचता रहा। गाँव भी तीर्थक्षेत्र के रूप में प्रसिद्ध था। वह बस स्टैंड पर खड़े होकर लंगर या किसी मन्दिर की ओर जाने वाले यात्रियों की राह देखता। कोई यात्री दूर गाँव से आते तो उन्हें राह

दिखाता, उनके बैग अपने सिर पर ढोता और उन्हें मन्दिर या गुरुद्वारे तक पहुँचाता। इस तरह उसे कभी दो या कभी पाँच रुपये मिलते।

कुछ दिनों के बाद अमित के मन में विचार आया कि अब ज़्यादा दिनों तक गाँव में रहना उचित नहीं है इसलिए वह अपने गाँव से मुम्बई भाग गया। मुम्बई में कई दिनों तक प्लेटफ़ॉर्म पर ही सोता रहा। दिनभर कहीं काम करता और रात में कभी प्लेटफ़ॉर्म, तो कभी रेलवे स्टेशन के बाहर तथा किसी पुल के नीचे सोता रहा। दो-चार दिन ऐसे करता रहा। जब उसे किसी होटल में काम मिला तो वहीं तीन-चार महीने काम करता रहा। उसके बाद उसके मन ने कहा कि पहले तू गाँव में किसान का बेटा कहलाता था अब होटल में आकर वेटर का काम करेगा। क्या इससे तेरा सम्मान बढ़ेगा जैसे प्रश्न उसे चुभते रहे। अमित ने तुरन्त निर्णय लिया और दूसरे दिन से किसी ठेकेदार के यहाँ काम पर जाना तय किया। मुम्बई में काम करने वालों के लिए हज़ारों काम हैं। करने वाले की इच्छा हो। देहात में रोज़गार न होने के कारण किसान, मज़दूर मुम्बई जैसे महानगरों की ओर चले जाते हैं। परन्तु अमित का मुम्बई जाने का कारण कुछ और ही था। वह जब ठेकेदार के यहाँ काम करने लगा तो उसे ठेकेदार ने फ़र्श धोने का काम दिया। महीने भर अमित ने वह काम किया। उसके बाद ठेकेदार के मन में दया आयी और उसने फ़र्श पॉलिश करने का काम दिया। अमित भी वह काम ईमानदारी से करता रहा। वह ठेकेदार की मशीन दिन-रात चलाता रहा। उसका पॉलिश का काम देखते हुए ठेकेदार उस पर ख़ुश हुआ। और क्या, देखते-देखते अमित ने ठेकेदार का मन जीत लिया। उसने ठेकेदार का विश्वास हासिल किया था। तीन-चार वर्षों तक वह मुम्बई में किसी मुहल्ले के छोटे से कमरे में मज़दूरों के साथ रहने लगा। वह होटल में खाने के बदले अपने कमरे में ही रसोई बनाना पसन्द करने लगा। उसके मित्र भी देहात से आये हुए थे। उनमें अपने-अपने परिवार की चर्चा होती। कोई अपनी आपबीती बताता, तो कोई बताने से इनकार करता। अमित भी स्वाभिमानी होने के कारण अपने गाँव का इतिहास नहीं बताया। उसके मित्रों ने माँ-बाप के बारे में कई बार पूछा, पर वह उत्तर देना टालता रहा और किसी अन्य बात पर चर्चा करने

का स्वाँग करने लगता।

कई दिनों तक ऐसा ही चलता रहा। अमित को महीने में जो वेतन मिलता वह ठेकेदार के पास ही रखने लगा। एक ऐसा दिन आया कि ठेकेदार अग्रवाल ने ही अमित को काम का ठेका देना शुरू किया। देखते-ही-देखते अमित ने अग्रवाल ठेकेदार से कई काम लिए और इस तरह पाई-पाई जोड़कर अपना कॉन्ट्रैक्ट बढ़ाना शुरू किया। पहले वह अकेला काम करता था। बाद में उसने अपने यहाँ दो-चार नौकर भी रखे। नौकरों की संख्या बढ़ती गयी और आठ नौकर उसके यहाँ फ़र्श पॉलिश का काम करने लगे। अब अमित के नाम से ही चेक निकलने लगे। उसे बैंक में खाता खोलना आवश्यक प्रतीत हुआ। बैंक में खाता खोलने के लिए उसके पास आधार कार्ड था नहीं, न ही कोई पहचान पत्र और न ही कोई व्यक्ति परिचित था।

उधर अमित के पिता ने अमित को ढूँढ़ना आवश्यक भी नहीं माना, परन्तु जब अमित को मुम्बई में बैंक में खाता खोलने के लिए अपने काग़ज़ात की आवश्यकता पड़ी तो उसने अपने गाँव जाना उचित माना। लगभग नौ वर्ष उपरान्त अमित अपने गाँव चला गया। उसके शरीर में भी उम्र के अनुसार परिवर्तन हुआ था। उसे देखकर पिता जी तो बहुत ख़ुश हो गये, परन्तु सौतेली माँ में कोई परिवर्तन नहीं आया। नौ वर्ष पूर्व अमित के घर से जाते समय जैसे थी तब भी वैसे ही नज़र आयी। आख़िर कलेजा बाप का होने के कारण चन्दन ने उसकी पूछताछ की और उसका काम करने का तरीक़ा देखकर रोया भी। आख़िर जब अमित के अर्थार्जन का पता चला तो सौतेली माँ होने पर भी सुमित्रा के मन में वात्सल्य उमड़ आया। उसने सोचा भी नहीं था कि वह जीवित होगा, क्योंकि उसने दो बच्चों को जन्म दिया था और उसका पूरा ध्यान अपने बच्चों की ओर था। परन्तु घर का बढ़ता व्यय देखते हुए उसने अमित को भी अपने पास रहने के लिए कहा। यह अमित के लिए सुखद अनुभव रहा, परन्तु उसने यह भी विचार किया कि इसके पीछे माँ की ममता कितनी है और उसकी साज़िश कितनी है। उन आठ दिनों में अमित ने घर की परिस्थिति देखी। आख़िर उसने मुम्बई जाना ही उचित माना, पर जाते समय अपने पिता जी को भरोसा दिलाया कि वह महीने या दो महीने में एकाध

बार तो ज़रूर लौटेगा। हुआ यूँ ही, अमित तीन महीने बाद अपने गाँव वापस आया। अपनी बहन के पास भी वह चला गया था। बहन ने तो उसे देखते ही रोना शुरू किया। कई वर्षों बाद उसने पहली बार अपने सगे भाई को देखा था। वह तो अपने ससुराल में ख़ुश थी, सुविधा से सम्पन्न थी, परन्तु अपने सगे भाई के मिलने से वह आनन्द का अनुभव कर रही थी। बहन के ससुराल वालों ने भी अमित को आते-जाते रहने के लिए कहा। सभी ने उसके लिए कन्या भी देखने का वायदा किया था। अमित की भी काफ़ी उम्र हो रही थी। अभी वह इकत्तीस वर्ष का था इसलिए उसने भी उचित माना कि गाँव आता रहे तथा बहन से भी मिलता रहे। इसलिए वह हर महीने-डेढ़ महीने में एक बार गाँव आता रहा। जब बहन के ससुराल वाले और मौसी ने अमित के लिए कन्या देखना शुरू किया तो सौतेली माँ के मन में विचार आया कि लोग क्या कहेंगे यदि वह अमित के लिए कन्या देखने में अगुवाई ना करे इसलिए उसने भी अमित के लिए कन्या देखना शुरू किया।

यूँ तो अमित शादी का विचार भी नहीं करता था, परन्तु सभी की इच्छा के कारण अमित के लिए कन्या देखना शुरू हुआ। उसकी मौसी ने एक जगह लड़की भी देखी थी परन्तु लड़की के माता-पिता ने यही कहते हुए मना किया कि लड़का मुम्बई में नौकरी करता है और उसका ख़ुद का फ़्लैट भी नहीं है। यद्यपि अमित का ख़ुद का फ़्लैट नहीं था, फिर भी उसने बैंक में काफ़ी रुपये जमा किये थे और वन रूम किचन के लिए क़र्ज़ देने के लिए बैंक तैयार भी था। काग़ज़ात की आवश्यकता थी इसलिए तो पिछली बार वह गाँव आया था। मुम्बई में फ़्लैट लेने का उसका विचार तो था ही पर चाहता था कि विवाह के बाद माता-पिता के साथ गाँव में ही बस जाये, परन्तु एक दिन घटी उस घटना ने अमित की सोच को बदल दिया। सौतेली माँ ने अमित के लिए अपने रिश्तेदारों में लड़की देखने का विचार किया। अमित को मुम्बई से बुलाया गया। वह भी यही सोचते हुए कि सौतेली माँ ने कोई अच्छी जगह देखी होगी, मुम्बई में फ़्लैट बुक करते हुए आते समय कुछ रुपये भी अपने साथ ले आया था। परन्तु लड़की देखते समय हुए वार्तालाप में अमित सतर्क हो गया। जब लड़की वालों ने उसकी आमदनी के बारे में

प्रश्न पूछे तो सुमित्रा ने तुरन्त कहा, "इसकी जो भी आमदनी है, मुम्बई में है। यहाँ से उसे कुछ भी नहीं मिलेगा। गाँव के घर पर उसका अधिकार नहीं है और न ही गाँव की खेती पर उसका अधिकार है। यदि आपको कन्या देनी ही है तो मुम्बई की आमदनी देखते हुए दे सकते हैं।"

अमित अपनी सौतेली माँ का यह वक्तव्य सुनते ही दंग रह गया। उसे वह सौतेली माँ याद आ गयी, जो गाँव में ही रहने के लिए कह रही थी। परन्तु आज उसके इस वाक्य ने अमित को सचेत किया। दूसरी बात यह थी कि जिस लड़की को देखने के लिए गये थे वह भी कुरूप थी, एक आँख से कानी तथा बेढब थी। अमित को अपनी माँ याद आ गयी। सोचा, "काश आज मेरी माँ हुई होती तो क्या होता। क्या मेरी माँ ऐसी युवती के साथ शादी करने के लिए कहती। आख़िर क्या कमी है मुझमें। मैं अन्धा या बहरा थोड़े ही हूँ कि कुरूप युवती से विवाह करूँ? नहीं, यह हरगिज़ सम्भव नहीं। यह मेरे लिए माँ नहीं, सौतेली माँ भी नहीं, डायन है डायन। यदि उस युवती से शादी करने के लिए कहें तो मैं ज़िन्दगी भर कुँवारा रहना ही पसन्द करूँगा।" विचार करते हुए आगबबूला हो उठा अमित वहाँ से चल पड़ा। सभी अपने गाँव चले गये। अमित की सौतेली माँ ने रात में भोजन परोसते समय बातचीत शुरू की, "आख़िर तुम्हारी इच्छा क्या है अमित। लोग क्या कहेंगे कि माँ होकर भी बेटे की शादी नहीं कर रही है। यदि तुम शादी नहीं करोगे तो मैं अपने बच्चों की शादी कैसे करूँ। वे भी तेईस-चौबीस साल हो गये हैं।"

अमित को 'अपने बच्चे' शब्द सोचने के लिए मजबूर कर रहे थे कि वह कैसे सौतेली माँ का बेटा बन सकता है। उसने उत्तर देते हुए कहा, "तुम चाहती हो तो अपने बच्चों की शादी करना माँ। मुझे कोई जल्दबाज़ी नहीं है।"

"फिर तुम क्या चाहते हो?"

"मैं क्या चाहूँ? तुमने तो लड़की देखते समय ही कह दिया है कि गाँव के इस्टेट में मेरा कोई हिस्सा नहीं हो सकता।"

"मैंने जो भी कहा है, ठीक ही कहा है।"

"तुमने कहा है वह ठीक है या मेरे पिता जी पूर्वजों की ज़मीन जोत रहे हैं वह ठीक है?"

"तुम चाहे जो भी कहो पर यह सही है कि मैं घर बार सँभाल रही हूँ।"

"माँ! यदि तुम घर बार सँभाल रही हो तो यह खेत किसका हुआ? यह दुकान किसकी हुई? आते समय मायके से तो नहीं लायी थीं तुम?" अमित के बोलने में आवेश ज़रूर था। पिता चन्दन बग़ल में बैठकर भी कुछ बोल न सका। आख़िर वह अपनी दूसरी पत्नी का स्वार्थ भी देख रहा था। सभी का भोजन हुआ। भोजन के बाद अमित को फ़ोन पर होती हुई बातचीत से पता चला कि सुमित्रा अपने बारहवीं पढ़े बच्चों के लिए सुन्दर लड़की देख रही है। वह भी कोई सामान्य घर से नहीं, बागबान घर से। फ़ोन पर सुमित्रा बोल रही थी, "चिन्ता मत करना, सब ठीक हो जायेगा। यदि वह ना कहेगा तो उसे मुम्बई भेज दिया जायेगा और मान लीजिए कि पन्द्रह दिनों में ही बात पक्की हो जायेगी।...इन्हें क्या, मैं कह दूँगी।...मान लेंगे मेरी बात।"

इन सारी बातों से अमित को पता चला कि माँ उसकी शादी क्यों करना चाहती है। अमित सौतेले भाई के ब्याह में एक बाधा बन रहा था। समाज यही पूछेगा कि बड़े बेटे को छोड़कर छोटे का ब्याह कैसे हो गया। फिर भी बिना कुछ कहे वह मुम्बई चल पड़ा। कई दिनों तक फ़ोन करना भी उचित नहीं माना। यहाँ तक कि पिता के फ़ोन आने पर भी काट दिया। "आजकल बड़ों का प्यार रिश्ते से नहीं, पैसे से है। फिर भी पुरखों ने माता-पिता की सेवा करने के लिए क्यों कहा है। ग़लती सेवा करने के लिए कहने वाले उन पुरखों की है या माता-पिता का स्वार्थ देखकर उन्हें न मानने वाले सन्तान की है।" जैसे प्रश्न अमित को सोचने के लिए मजबूर कर रहे थे।

एक ओर अमित को ये प्रश्न सोचने के लिए मजबूर कर रहे थे कि दो महीने बाद उसके पिता जी ने फ़ोन किया। फ़ोन लेने की उसकी इच्छा नहीं थी, पर बार-बार रिंग होने के कारण फ़ोन लेते ही पिता जी ने कहा, "तुम्हारे लिए दूसरी जगह एक लड़की देखी है, तुम यथाशीघ्र लौट आना।"

"कैसी है। तुमने देखी है?"

"नहीं।"

"तो फिर उसकी फ़ोटो या अन्य जानकारी हो तो वॉट्सऐप कर देना।"

"उनका कहना है कि ख़ुद ही आकर देख लेना।"

इन बातों के साथ अन्य बातें भी होती रहीं और चन्दन ने अमित को शनिवार अपने गाँव आने के लिए कहा। अमित भी पिता की बात मानते हुए गाँव चला गया। गाँव जाते ही उसे दूसरा सदमा लगा और वहीं से वह मुम्बई लौट पड़ा। क्योंकि दिखाई गयी लड़की दिखने में तो सुन्दर थी, मगर गूँगी थी। अमित अपनी सौतेली माँ के इस व्यवहार से काफ़ी नाराज़ हुआ। तभी उसने तय किया था कि इसके बाद माँ या बाप के विचार न मानने में ही भलाई है। इसलिए कई बार फ़ोन आने पर भी उसने माता-पिता का फ़ोन रिसीव करना उचित नहीं माना। उसे दिनभर काम की खोज में घूमना पड़ता था। रात घर लौटते कभी नौ बजते तो कभी ग्यारह बजते। उस दिन उसे घर लौटने के लिए रात के ग्यारह बज गये थे। "वाह! कैसा ज़माना आ गया है। एक समय था जब माता अपने बच्चों के साथ सौतेले बच्चों को भी वात्सल्य दिखाया करती थी, यशोदा मैया ने साँवले कन्हैया को अपना ही बेटा माना था, पर मेरा रंग गोरा होने पर भी मेरे साथ भेदभाव क्यों? कहा जाता है कि पुत्र कुपुत्र हो सकता है, लेकिन माता कुमाता नहीं हो सकती। फिर कलियुग में वह कहावत झूठी क्यों साबित हुई।" अमित सोच रहा था परन्तु दिनभर ज़्यादा घूमने की वजह से नींद लग गयी। सुबह काफ़ी देर से उठा था वह। बेचैन मन और थकान की वजह से उठने में देरी हुई थी।

रोज़ की तरह अमित सुबह उठकर अपने मज़दूरों के साथ किसी स्कूल के फ़र्श पॉलिश का काम करने के लिए निकल पड़ा। रास्ते में ही उसे गाँव का बचपन का मित्र विश्वास मिला। विश्वास और अमित बचपन में एक ही गली में रहते थे, साथ मिल-जुलकर खेला करते थे। विश्वास को देखते ही अमित की बाँछे खिल गयीं, अरसों बाद उसने अपने मित्र विश्वास को देखा था। वैसे तो अमित विश्वास को पहचान नहीं सका क्योंकि विश्वास काफ़ी मोटा हो गया था। अमित बस स्टैंड पर सिटी बस की राह देख रहा था और तभी वहाँ बस की राह देखते हुए विश्वास भी चला आया था। अमित अपनी बहन हेमा के साथ बातें करते नज़र आया। विश्वास को यह समझने में देर नहीं लगी क्योंकि अमित द्वारा लिए गये नाम अपनी गली-मुहल्ले के परिचित नाम ही नज़र आ रहे थे। इतना ही नहीं अमित का बोलने का ढंग भी

अपने गाँव का था इसलिए विश्वास ने ख़ुद बात आगे बढ़ाते हुए अमित की जानकारी ली और दोनों एक-दूसरे को पहचान गये। उसी विश्वास के कहने पर अमित को पता चला कि उसके सौतेले भाई किशोर का ब्याह तय हो गया है और अगले ही महीने उसकी शादी है। अमित के माता-पिता किशोर की शादी के लिए पैसे जुटाने में लग गये हैं। इस बात को सुनते ही अमित की आँखों से आँसू चू पड़े। उसने विश्वास को सौतेली माँ का व्यवहार बताया। विश्वास ने भी उसे बहुत कुछ समझाया और हिम्मत बाँधी। इसके साथ ही विश्वास ने अमित को चन्दन की मजबूरी पर भी बहुत कुछ कहा। थोड़ी देर बाद दोनों अपने-अपने काम के लिए चल पड़े।

विश्वास के चले जाने के बाद अमित काफ़ी तेज़ जाता हुआ नज़र आया। सीधे बैंक जाकर उसने अपने पिता जी के खाते पर पैसे जमा किये पर उन्हें फ़ोन करके सूचित करना आवश्यक नहीं माना। अमित के पिता जी को बैंक में रक़म जमा होने का मैसेज आते ही वह चौंक गया कि अचानक इतनी बड़ी रक़म उसके खाते में कहाँ से जमा हो गयी। उसने बैंक में जाकर पूछताछ की तो पता चला कि अमित नामक व्यक्ति ने मुम्बई से मनी ट्रांसफर किया है। पिता जी ने अमित को फ़ोन करते हुए वार्तालाप करने का प्रयास किया, परन्तु अमित द्वारा फ़ोन पर कोई उत्तर नहीं मिला।

उधर गाँव के मित्र विश्वास ने भी अमित को फ़ोन करने का प्रयास किया। अमित ने उसका भी फ़ोन नहीं लिया, परन्तु विश्वास को इस बात की ख़ुशी थी कि उसकी ही गली का कोई मित्र मुम्बई में फ़र्शी के काम का ठेकेदार बन गया है। वह अचानक मिले अमित की बात चन्दन को बताना चाहता था। विश्वास ने चन्दन को फ़ोन किया तो अमित द्वारा चन्दन के फ़ोन रिसीव न करने की बात सुनकर दुखी हुआ। आख़िर विश्वास ने अमित से मिलना तय किया और अमित को शाम मिलने के बारे में फ़ोन किया। अमित ने उसका भी फ़ोन रिसीव नहीं किया। हारकर विश्वास ने अमित को मैसेज भेज दिया–"टुडे आइ वुइल मीट यू ऐट एट पी.एम. ऑन योर रूम..."

अमित का उत्तर मिला, "यदि ईश्वर चाहे तो..."

विश्वास को कुछ अजीब-सा लगा और श्याम अपने ऑफ़िस से सीधे

अमित के कमरे पर चला गया तो काँपने लगा। उसके पार्टनर उसे अस्पताल ले जाते नज़र आये। उनसे अधिक जानकारी लेने पर उन्होंने विश्वास के हाथ में काग़ज़ का टुकड़ा दिया, जिस पर अमित ने लिखा था, "शादी में किसी बात की कमी न रहे। आज तक की मेरी जमा पूँजी चार लाख तिरपन हज़ार रुपये अपने भाई की शादी के लिए भेज रहा हूँ। यदि कोई पूछे तो बताना कि मैं उम्र में उससे भी छोटा हूँ।... माँ! अब तो अपने बेटे अमित को वात्सल्य दोगी न?...मेरे इस निर्णय में दोष किसी का नहीं है।...सबका ख़याल रखना पापा! आपको हुई तकलीफ़ के लिए माफ़ी चाहता हूँ। बस, जिसने मुझे गोद में सुलाया, उस माँ के पास जा रहा हूँ...

आपका अमित।"

बस, विश्वास हाथ में काग़ज़ लिए स्तब्ध खड़ा रह गया।

पत्र बनाम मानपत्र

'कर्म की पूजा मिट्टी को भी सोना बनाती है, यदि कर्म ही धर्म बन जाये तो जन-जन कण-कण को स्वर्ग बनायेंगे' आदित्य के सन्दर्भ में ऐसा कहना अतिशयोक्ति नहीं होगी। अपने कर्म तथा अदम्य आत्मविश्वास के बल पर आदित्य ने बहुत कुछ सिद्ध करके दिखाया था। शिक्षा के साथ व्यवहार ज्ञान ने भी उसे बढ़ावा दिया था।

वैसे आदित्य किसी अमीर परिवार से नहीं था। पिता की पाँच एकड़ खेती से ही उनका गुज़ारा चलता था। कड़ी मेहनत के बल पर ही मिट्टी में सोना उगाया था आदित्य ने। बचपन से खेती के प्रति लगाव, पिता के हाथ में काम करना, कॉलेज से लौटकर हल चलाना, दँवरी आदि के साथ-साथ मण्डी में बैठकर सब्ज़ी बेचने का काम भी करता रहता। उसे तब ग़ुस्सा आता जब किसान से पाँच रुपये किलो में ख़रीदा बैंगन कोई पन्द्रह-बीस रुपये में बेचता, आठ रुपये में ख़रीदा प्याज़ बीस रुपये में बेचता। वह कॉलेज जाते समय साइकिल पर पच्चीस किलो बैंगन लादकर जाता। मण्डी में पहुँचते ही छोटे-छोटे व्यापारी टूट पड़ते। सस्ते में ख़रीद कर दुगने दाम में वही बैंगन बेचते थे। यदि वह स्वयं बैठकर सब्ज़ी बैंगन बेचना चाहता तो स्थानीय व्यापारी उसे बैठने के लिए जगह नहीं देते। मण्डी के आख़िरी छोर पर बैठ जाता वह। बी.एससी. प्रथम वर्ष का विद्यार्थी था वह। मन में कभी-कभी संकोच होता कि उसके सहपाठी कार में बैठकर आते हैं और उनके ड्राइवर सब्ज़ी ख़रीदते। आदित्य सोचता 'काश मेरी भी ऐसी कार होती।' तुरन्त उसका दूसरा मन कहता, 'काश मेरी कार होती ऐसा मत सोच बल्कि सोच कि मैं भी ऐसी कार में बैठकर घूमूँगा।'

यही सोच उसे प्रेरित करती रही। वह अध्ययन में भी पीछे नहीं था। कड़ी मेहनत उसका उसूल बना हुआ था इसीलिए बी.एससी. में कॉलेज में सर्वप्रथम आने पर संस्था के अध्यक्ष ने उसका विशेष सम्मान किया था। उसी महाविद्यालय में एम.एससी. फिजिक्स में प्रवेश पाया था। हर विषय का गहराई से अध्ययन करना, नोट्स निकालना, ग्रन्थालय से सन्दर्भ पुस्तकें लाना और सब्ज़ी बेचते समय फ़ुर्सत मिलने पर पुस्तकें पढ़ना, विभिन्न विश्वविद्यालयों में आयोजित राष्ट्रीय-अन्तरराष्ट्रीय संगोष्ठियों के लिए आवश्यक रिसर्च पेपर की तैयारी भी करना उसका नित्यकर्म बना हुआ था। शहर से उसका गाँव छह किलोमीटर दूर था। परीक्षा नज़दीक आते ही उसके मित्र हॉस्टेल में ठहरने के लिए कहते, पर आदित्य खेती से लगाव रखता था। हाँ, एम.एससी. में प्रवेश लेते ही उसने पी.जी. के बाद किसी कॉलेज में प्राध्यापक बनने का स्वप्न भी देखा था। पर सपने देखने मात्र से प्राध्यापक बन नहीं पाता था। एम.एससी. में तो वह विश्वविद्यालय में टॉपर रहा। तभी पिता ने भी उसे पढ़ाई जारी रखने के लिए कहा था। पी.जी. के बाद क्या पढ़ता वह, या तो बी.एड. करो या पीएच.डी., पर इस पढ़ाई में समय बिताने से फ़ायदा क्या, नौकरी की गारंटी नहीं थी। दूसरी बात पिता की चिन्ता की थी। उसके पिता अस्थमा के मरीज़ थे, अधिक काम नहीं कर पाते। एक-दो बार बेहोश पड़ने पर डॉक्टर ने खेती से छुट्टी लेने की सलाह दी थी। आख़िर खेती कौन करेगा यह प्रश्न उसके सामने था। यदि वह ख़ुद खेती करता तो उससे शादी कौन करती! आजकल प्रत्येक युवती महानगर में नौकरी करते युवक को तथा उनकी अच्छी सैलरी को पसन्द करती है। वह इंजीनियर भी नहीं था, बी.ई. करता तो किसी कम्पनी में नौकरी करता, अपने गाँव से डेली अप-डाउन कर सकता। पर एम.एससी. उत्तीर्ण को कौन नौकरी देगा। फिर भी बीच का रास्ता ढूँढ़ते हुए आदित्य ने शहर में ही किसी मन्दिर में रहते हुए भविष्य गढ़ना तय किया। वह मन्दिर में सुबह एक-दो घण्टे काम करता था, दिन भर अपने लिए दिये कमरे में बैठकर पढ़ाई करता रहा। शाम पाँच बजे गाँव से आने वाली बस से कभी बैंगन तो कभी प्याज़ की बोरी उतारकर मण्डी ले जाता। दो-तीन घण्टों में बोरी ख़ाली होने के बाद मन्दिर लौट जाता। एक-दो घण्टे मन्दिर के काम कर अपनी पढ़ाई में जुट जाता।

आदित्य चाहता तो बी.एड. या पीएच.डी. कर सकता था परन्तु पिता का ढलता स्वास्थ्य और पिछले दो वर्षों से सूखे के कारण एडमिशन फ़ीस के अभाव में कहीं प्रवेश नहीं ले पाया। पिछले वर्ष तो पानी के अभाव में हरी सब्ज़ी के बदले धान लिया था, जिसकी आय जुताई में चली गयी थी। फिर भी खेत के एक कोने में आये बैंगन उसके पिता गाँव में बैठकर ही बेचते थे। आदित्य शहर में ही उस मन्दिर में काम करते-करते नेट तथा यू.पी.एस.सी. प्रतियोगिता की तैयारी करता रहा। विज्ञान का विद्यार्थी होते हुए भी उसके मन में कभी-कभी अलौकिक विचार आते, वह कभी दार्शनिकों की तरह बातें करता तो बीमार पिता को चिन्ता सताती कि उसके बाद खेती-बाड़ी कौन सँभालेंगे। आदित्य का उत्तर होता, "पिता जी, अन्तिम सत्य तो यही है कि हम सब को यह दुनिया इधर ही छोड़कर जाना है।"

"पर बेटे, पुत्र के रूप में अपना कर्तव्य भी निभाना आवश्यक है।"

"आप क्या यही चाहते हो कि मैं जन्म-मरण के बन्धन में बँध जाऊँ!"

"बेटा! जन्म और मृत्यु के बीच का समय ही है कि हम समाज के लिए कुछ करें। ध्यान में, साधना में लीन विवेकानन्द को रामकृष्ण परमहंस ने समय पर जाग्रत किया था इसीलिए उन्होंने अपना स्वार्थ देखने के बदले विश्व का हित देखा, समाज का हित देखा।"

"मैंने कब कहा है कि मैं अपना ही स्वार्थ देख रहा हूँ?"

"आदित्य! तुम क्या नहीं जानते कि गाँव की अवस्था कैसी है और कितना सुधार शेष है। तुम गाँव का विकास करोगे इसी विश्वास से मैंने तुम्हें पढ़ाया। अब आख़िर तुम्हारी इच्छा...।" फ़ोन पर होती रही इन बातों से आदित्य डाँवाडोल रहता, उसे कुछ नहीं सूझता फिर भी वह परीक्षा की तैयारी करता रहता।

एक दिन उसके मित्र के फ़ोन से पता चला कि वह नेट परीक्षा उत्तीर्ण हुआ है। आदित्य फूले नहीं समाया। और क्या चाहिए था उसे, कहीं नौकरी करते हुए घर की ओर भी ध्यान दे सकता था अब वह। वह रोज़ समाचार पत्रों में विज्ञापन देखता रहा, साक्षात्कार की तैयारी करता रहा। उसके लिए ख़ुशी की बात रही कि उसी नगर में उसके विषय का विज्ञापन प्रकाशित हुआ। काफ़ी तैयारी के साथ उसने साक्षात्कार दिया। कुल तेईस उम्मीदवार आये थे,

उनमें वह टॉप रहा। पर टॉप रहने से तो काम नहीं बनता। आदित्य उदास हो गया, कारण था तीस लाख रुपये रिश्वत! एक तो पेंशन नहीं, नौकरी की गारंटी नहीं, विद्यार्थी संख्या घट गयी तो नौकरी का भरोसा नहीं, उस पर भी तीस लाख रुपये कहाँ से दे। "भाई! तुम तीस लाख रुपये नहीं दे सकते तो दूसरे बत्तीस लाख रुपये देने के लिए नगद रुपये लेकर क़तार में खड़े हैं।" आदित्य के पास कोई चारा नहीं था। उसकी तो इच्छा थी कि प्रभावी अध्यापक द्वारा आदर्श पीढ़ी निर्माण करते हुए राष्ट्र उन्नति करे पर चारों ओर असफलता के बादल मँडराते नज़र आये। अधिक पूछताछ करने पर पता चला कि वह पूर्व कृषि मन्त्री की संस्था है और वर्तमान में वे ही संस्था के अध्यक्ष हैं।

एक दिन आदित्य संस्था के अध्यक्ष के घर उनसे मिलने गया तो निराशा ही हाथ लगी। उसे गेट पर ही रोका गया। उसने लाख कोशिश की, विनम्रता से हाथ जोड़े फिर भी संस्था अध्यक्ष के घर में प्रवेश नहीं मिला। वह वापस लौटा पर अगले सप्ताह अचानक उसे फ़ोन आया, "हेलो मिस्टर आदित्य बात कर रहे हैं?"

"नमस्कार! मैं आदित्य हूँ, कहिए कुछ काम है?"

"आपसे ज़रूरी बात करनी है। आप कहाँ और कब मिलेंगे?"

"मैडम, पहले बताइए कि आप कौन हो?"

"मैं...मैं...मैं...।"

"हाँ हाँ आप कौन हो? हेलो...हेलो।"

फ़ोन कट गया था। आदित्य ने ट्रूकॉलर में देखा तो पता चला कि मन्त्री की कन्या का मोबाइल नम्बर था। पल भर के लिए घबरा गया कि कुछ गड़बड़ न हो क्योंकि उसने एक लम्बा-चौड़ा पत्र संस्था के अध्यक्ष के नाम से लिखा था–

"आत्मीय अध्यक्ष तथा पूर्व मन्त्री जी,

सादर अभिवादन!

आपकी कुशलता की कामना है!

आपके विज्ञापन के उत्तर में मैंने साक्षात्कार दिया था। साक्षात्कार में अव्वल होने पर भी सेवा का अवसर न मिलने का दुख मुझे नहीं है परन्तु आवश्यक गुणों तथा योग्यता के बावजूद ईमानदार, परिश्रमी अध्यापक के ज्ञान

से विद्यार्थी वंचित रहते हैं इस बात से दुखी हूँ। मैं भी राष्ट्रीय योग्यता परीक्षा उत्तीर्ण हूँ। पी.जी. में विश्वविद्यालय में सर्वप्रथम होने के साथ विद्यार्थी अवस्था में ही मैंने कई राष्ट्रीय-अन्तरराष्ट्रीय संगोष्ठियों में रिसर्च पेपर प्रस्तुत किये हैं। आप से यह अपेक्षा नहीं थी। यदि डोनेशन ही लेना था तो महाविद्यालय का नाम 'विद्या आराधना महाविद्यालय' के बदले लक्ष्मी या कुबेर आराधना महाविद्यालय रखा होता तो अच्छा होता।

यदि तीस लाख रुपये होते तो मुझ जैसे कई ग़रीब विद्यार्थी मेडिकल में प्रवेश लेते। डॉक्टर बनकर कहीं मरीज़ों की सेवा करते नज़र आते। रुपये के अभाव में ग़रीब किसान अपनी कन्या की शादी भी नहीं कर पाता। पूँजी के अभाव में छोटे व्यापारी बड़े-बड़े मॉल खोल नहीं पा रहे हैं। तुलसीदास की पंक्तियाँ मुझे इसीलिए प्रासंगिक लगती हैं कि आप भी पूर्व कृषि मन्त्री रहे हैं। तुलसीदास ने कहा भी है–

खेती न किसान को भिखारी को न भीख, बली
बनिक को बनिज, न चाकर को चाकरी
जीविका विहीन लोग सीद्यमान सोच बस,
कहैं एक एकन सौं, कहाँ जाइ का करी?

आप तुलसीदास के भक्त भी हो अतः आपसे अनुरोध है कि तुलसी को अपेक्षित सरकार हो, तुलसी को अपेक्षित प्रशासन हो। रही बात मेरी, मैंने तय किया है कि भविष्य में नौकरी के लिए साक्षात्कार नहीं दूँगा बल्कि दूसरों को रोज़गार दूँगा। मैं आपके घर भी यही बताने आया था, पर मेरी विनम्रता ने मुझे आपके घर में क़दम रखने नहीं दिया। यदि कोई गुंडा या पूँजीपति होता तो उसका उचित सम्मान आपके घर में ज़रूर होता!

अस्तु! इस जन्म में कॉलेज में प्राध्यापक न सही बल्कि उत्तम खेती कर खेती का तो गाइड ज़रूर बनूँगा। आपका अधिक समय लिया। क्षमस्व!

आपका भवदीय,
आदित्य"

...आदित्य ने मन्त्री की कन्या को वापस फ़ोन करना उचित भी नहीं माना। परन्तु रात आठ बजे आदित्य का मोबाइल बजने लगा। देखा तो नया नम्बर था।

"हेलो, प्रमिला बात कर रही हूँ।"

"नमस्कार प्रमिला जी! आप कहाँ से बात कर रही हैं?"

"मैं सब कुछ बताऊँगी पर आप फ़ोन मत काटना प्लीज़।"

"..." आदित्य ने कुछ कहा नहीं।

"मैं प्रमिला। पिछले सप्ताह मैंने आपको बँगले के बाहर खड़े देखा था। मुझे खेद है कि आपको भीतर प्रवेश नहीं मिला। पर बुरा मत मानिएगा। मैंने आपका भाव समझ लिया है। मुझे खेद है कि हमारी संस्था में आप जैसे ईमानदार प्राध्यापकों की कमी खलती रहेगी। वास्तव में आपका पत्र मैंने ही पढ़ लिया है। अच्छा हुआ कि पत्र मुझे मिला। पापा का स्वभाव में भलीभाँति जानती हूँ।"

आदित्य ने प्रमिला के फ़ोन का प्रतिसाद नहीं दिया। वह संस्था के अध्यक्ष कल्याण सिंह के स्वभाव से परिचित था। कल्याण सिंह यद्यपि मीठे बोल बोलता था फिर भी काँटे निकालना अच्छी तरह जानता था, इसलिए कोई उसका विरोध नहीं करना चाहता। वह पन्द्रह वर्ष विधायक तथा पाँच वर्ष मन्त्री था। पिछली बार चुनाव में हार का सामना करना पड़ा था उसे। उसके प्रभावी वक्तृत्व से जनता मोहित होती थी। उसके एक इशारे पर जनता प्राण न्यौछावर करने को तैयार हो जाती थी। अपने इलाक़े के सारे कांट्रेक्ट कल्याण सिंह ही लेता था, पर नाम रिश्तेदार या मित्रों के हुआ करते थे। नोटबन्दी हुई तो छापा मारने पर भी उसके घर पाँच सौ का एक भी नोट नहीं मिला। सारे नोट रिश्तेदारों, मित्रों तथा परिचितों के खाते पर जमा किये थे उसने। इतना सब कुछ जानते हुए भी आदित्य ने उसके नाम पत्र लिखा था। संवेदनशून्य व्यक्ति को एक पत्र से क्या फ़र्क़ पड़ने वाला था। इसके पूर्व जनता द्वारा विभिन्न माँगों को लेकर प्राप्त पत्र वैसे ही कूड़ेदान में मिलते थे। कोई ज़्यादा विरोध करता हो तो शुगर फ़ैक्ट्री में बुलाकर उसे शान्त कर देता था वह, दो-चार दिन लापता के समाचार आते। उसके बाद माहौल सामान्य हो जाता था। प्रमिला अपने पिता के व्यवहार से पूर्ण परिचित थी। यदि कोई समझाने का प्रयास करता तो राजनीति में हस्तक्षेप न करने और होशियारी न सिखाने का आदेश देता था वह।

आदित्य के एक पत्र से कल्याण सिंह को कुछ फ़र्क़ नहीं पड़ता था पर प्रमिला तो अवश्य प्रभावित हुई। वह अपने पिता के भाषण से प्रभावित थी, पर व्यवहार से नफ़रत करती थी। कृषि मन्त्री थे इसलिए खेती के महत्त्व पर उनके द्वारा दिये गये भाषण, विदेशों में कृषि की आधुनिक प्रणाली पर अभिव्यक्त विचार से प्रभावित होकर खेती में रुचि रखती थी। पर पिता उसे समझाते हुए कहते, "बिटिया! तुम यह सब नहीं जानती हो। राजनीतिक भाषण में यह सब कहना ही पड़ता है।" पिता के दोहरे व्यवहार, रिश्वतखोरी से खीज उठती थी पर फ़ायदा कुछ नहीं था।

प्रमिला भी ख़ामोश बैठने वालों में नहीं थी। वह चुनाव में विपक्षियों द्वारा दी गयी चुनौती का समाधान ढूँढ़ना चाह रही थी। शायद आदित्य ही उसका समाधान हो सकता था। "यदि सही में खेती से लगाव रखते हो तो अपनी कन्या का विवाह किसी सामान्य किसान के साथ करके आदर्श निर्माण करो" विरोधी पार्टी का वाक्य उसे कुरेद रहा था। आख़िर आदित्य में क्या कमी थी, उसने आदित्य को उस दिन गेट पर भी देख लिया था। दिखने में सुन्दर था ही, चेहरे पर उत्साह भी था। उसके पत्र से भी काफ़ी प्रभावित हुई थी। एक दिन प्रमिला ने आदित्य से फ़ोन पर बातें करते हुए उत्तम खेती करने में योगदान देने का वादा किया। बी.ई. सिविल उत्तीर्ण होने पर भी किसी खेती करने वाले युवक को बढ़ावा देना, खेती के लिए शासन की ओर से सहायता करवाने का कार्य करती रहने वाली प्रमिला आदित्य की ओर आकर्षित होती रही। एक दिन उसने आदित्य से मिलते हुए उसे अपना जीवन साथी बनाने की प्रार्थना की। कहाँ राजा भोज कहाँ गंगू तेली, आदित्य घबरा गया। वह कल्याण सिंह का विरोध करने वाले और शुगर फ़ैक्ट्री में लापता लोगों की घटनाओं से परिचित था। घबराते हुए प्रमिला से बात करता रहा, यहाँ तक कि कुछ दिन बाद उसका फ़ोन रिसीव करना टालता रहा। उसके टालने से प्रमिला थोड़े ही रुकती! वह सीधे आदित्य के गाँव जाते हुए उसके पिता के सामने उसे बहू के रूप में स्वीकार करने की प्रार्थना करने लगी। शुरू-शुरू में आदित्य के पिता घबरा गये परन्तु प्राध्यापक की नौकरी न देने वाले का प्रतिशोध लेने का अवसर देखते हुए प्रमिला का प्रस्ताव स्वीकार किया। अन्धा चाहे एक आँख और भगवान दे दो-दो आँखों वाली बात थी वह। वह अपने माता-पिता की

इच्छा के विरुद्ध जाने वाला युवक नहीं था, उसने भी अच्छा अवसर आते देखकर स्वीकार करने में होशियारी मानी। परन्तु प्रमिला को स्वीकार करने से पहले एक शर्त रखी। शर्त थी प्रमिला अपने घर से एक रुपये या सोने का एक टुकड़ा भी नहीं लायेगी और न ही ऊँचे कपड़े।

देखते-देखते ख़बर कल्याण सिंह तक पहुँची। वह आगबबूला हुआ। दो कौड़ी के आदित्य को वह कुछ भी कर सकता था पर कर नहीं सका। एक तो प्रमिला के अठारह वर्ष पूर्ण हुए थे, शादी की उसकी ही इच्छा थी। दूसरी बात चुनावी माहौल था। यदि वह कुछ भला-बुरा करता तो चुनाव में हार का सामना करना पड़ता। फिर भी उसने प्रमिला को बहुत कुछ समझाया पर उत्तर देते हुए प्रमिला ने कहा, "पापा, मैं ग़लत थोड़े ही कर रही हूँ। आपने जो चाहा वही तो कर रही हूँ। वह एक अच्छा-ख़ासा, पी.जी. तथा नेट उत्तीर्ण युवक है, इससे बढ़कर दिखने में भी सुन्दर है। आपकी तरह मैंने भी लड़की होकर भी खेती करने वाले युवक को ही पसन्द किया है।"

"पर बेटी, क्या तुम जानती हो कि वह फटेहाल कैसे जीता है, कहाँ रहता है?"

"जहाँ कहीं भी रहता हो पर यह तो पक्का है कि स्वाभिमान के साथ रहता है।"

"स्वाभिमान से पेट नहीं भरेगा प्रमिला! फाके पड़ेंगे तुम्हारे, दाने-दाने के लिए तरसोगे तुम दोनों। मेरी बात मान ले और..."

"दाने-दाने पर तो खाने वाले का नाम लिखा है। आप नौकरी देते तो वह अच्छा वेतन पा सकता था। आपने नौकरी न देकर जिसकी रोटी छीनी है, उसने अपना अलग रास्ता तय किया है। अब हम दोनों की मंज़िल एक ही है, खेती करना, आदर्श खेती करना!"

"ओछे की प्रीति बालू की भीति होती है प्रमिला, मेरी बात मान ले।" कल्याण सिंह प्यार से समझाने का प्रयास कर रहा था, पर समय हाथ से निकल गया था। प्रमिला ने कहा, "पापा, यदि आप तैयार नहीं तो विपक्ष के मोहन शर्मा हमारी शादी अर्थात कोर्ट मैरिज के लिए समर्थन देने को तैयार हैं।"

कल्याण सिंह कुछ और कहना उचित नहीं मानता था। मन मारकर उसने विवाह का समर्थन किया था। इतना ही नहीं इस विवाह को चुनावी मुद्दा बनाकर विपक्ष के मोहन शर्मा को पराजित कर विधायक भी बन गया। उसके

मन में विचार आता, "सत्ता हाथ में है, आदित्य को सदा के लिए..." पर कुछ कर नहीं पाया। यहाँ तक कि चुनाव में जीत हासिल कर वह पुनः कृषि मन्त्री ही बन गया था।

उधर आदित्य और प्रमिला का पूरा ध्यान खेती की ओर था। प्रमिला भी आधुनिक खेती की जानकारी रखती थी। सब्ज़ी के साथ-साथ पुष्प-कृषि करने की प्रेरणा आदित्य को मिलती रही। इसमें फूलों की पैदावार, मार्केटिंग, कॉस्मेटिक और परफ्यूम इंडस्ट्री भी महत्त्वपूर्ण हैं। संयुक्त राज्य अमेरिका, बांग्लादेश, पाकिस्तान, नीदरलैंड, इटली, थाईलैंड जैसे देशों में भारत के फल-फूल और सब्ज़ी की माँग होती है। गुलाब, गेंद, गुलदाउदी के साथ-साथ जरबेरा, गारगेरा, लिलि, मोगरा, रात की रानी, मोतिया जैसे फूलों की माँग को देखते हुए उनकी खेती करते रहें। देखते-देखते आदित्य का नाम दिल्ली मार्केट तक पहुँच गया। वह किसी बागवान को फूल बेचने के बदले विदेश के ठेकेदारों को फूल बेचता रहा। इस काम में पत्नी प्रमिला का काफ़ी योगदान मिलता रहा। यहाँ तक कि सप्ताह में एक टेंपो फूल दिल्ली मार्केट जाता रहा और आदित्य की चर्चा समाचार पत्रों में होती रही। विभिन्न समाचार पत्रों तथा मीडिया के प्रतिनिधि साक्षात्कार हेतु उसके यहाँ पहुँचते रहे। 'एम.एससी. भौतिक विज्ञान के युवक का गाँव फूलों से महक उठा' शीर्षक से उसका विस्तृत परिचय मीडिया का विषय बन गया। यहाँ तक कि मन्त्रालय में उसकी चर्चा हुई और 'आदर्श कृषि भूषण पुरस्कार' के लिए आदित्य का चयन भी हुआ। यद्यपि पुरस्कार हेतु आदित्य का चयन हुआ था फिर भी कल्याण सिंह का विरोध जारी ही रहा। आदित्य पुरस्कार की नहीं परिश्रम की पूजा करता था। शायद कर्म की पूजा, श्रम की उपासना से ही उसे चुना गया था।

निर्धारित दिन आयोजित समारोह में मन में कटुता होने पर भी कृषि मन्त्री कल्याण सिंह के कर कमलों से आदित्य का सम्मान हो रहा था। एक ओर आदित्य का मानपत्र पढ़ा जा रहा था तो प्रमिला को आदित्य द्वारा उसके पिता जी के नाम लिखा पत्र याद आ रहा था और आँखों से आँसू बह रहे थे!

अक्षय तृतीया

"अरे, यह तो वही बबीता है जो पहले हमारी कॉलोनी में चौका बर्तन करने आती थी। बहुत ही सीधी-सादी है। मैंने कभी ऊपर मुँह करते नहीं देखा इसे।"

"फिर ज़ोर से चिल्लाने की आवाज़ क्यों आ रही है? औरतों को यों गालियाँ देते हुए तो मैंने भी नहीं देखा है।"

"तो चलो फिर जाकर देखते हैं, मामला क्या है।" कहते हुए सब्ज़ी की थैली सँभालते हुए मैं सीढ़ियाँ उतरते हुए नीचे पहुँचा। भीड़ जमा हो गयी थी, बबीता का चिल्लाना जारी था। भीड़ को चीरने का प्रयास करते हुए मैं बबीता के पास जाने की कोशिश कर रहा था तो किसी ने मुझे पीछे खदेड़ते हुए कहा, "क्यों, तुम्हें भी भूख लगी है, गालियाँ खानी हैं?"

"अरे भाई! गालियाँ मैं क्यों खाऊँ भला। वह औरत पहचान की है। उसे शान्त करूँगा।"

"अरे ओ साहब, पुलिस वाले को उल्टा-सीधा कह रही है, तुम्हारी क्या सुनेगी वह! कभी शक्ल देखी है अपनी आईने में, बड़े आये हो औरत को समझाने...साले अपनी बीवी को कभी समझा नहीं पाये तो चले आये दूसरों की औरतों को समझाने।"

उसका कहना मेरे लिए तो नहीं हो सकता था, घर में हमारी बातचीत होती है, हमरी-तुमरी घुसुर-मुसुर नहीं। बबीता भी वैसी बदचलन औरत नहीं थी, जो रास्ते पर शोर शराबा करे। पिछले पाँच-छह महीने से तो कॉलोनी में आना बन्द हुआ है, वरना रोज़ मुझे अख़बार पढ़ते देखकर 'बाबू जी नमस्ते' कहती थी, कभी-कभी 'सिन्हा साब! ज़्यादा अख़बार मत पढ़िए, आँखें सँभालिए' भी कहती थी। लॉकडाउन के कारण नहीं बल्कि कोरोना के भय के कारण लोगों

ने उसे काम से निकाल दिया था। कॉलोनी के सात-आठ घरों में चौका बर्तन करती थी। पिछले दस वर्षों से आती थी कॉलोनी में। पति मार्केट यार्ड में कुली का काम करता है। दोनों ही ईमानदारी से काम करते हैं। दिन भर दोनों काम के सिलसिले में बाहर ही रहते हैं। वह छोटे को आगे बिठाती साइकिल चलाती है, बड़ा कभी पीछे बैठता तो कभी घर के काम कर देर से आता। बच्चे कभी मेरे घर, कभी सोमशेखर तो कभी वनकुद्रे या शेख साब के घर खेलते-कूदते रहते थे। हम अपने साथ उन्हें भी कुछ खाने के लिए देते तो बबीता एक-दो बार शान्त रही, पर बाद में बच्चे हमारा दिया हुआ खाने से इनकार करते रहे। बच्चों से उसके स्वाभिमान तथा सरलता का पता चला था। घर में कोई भी काम हो, वह इनकार नहीं करती। पता नहीं उसके हाथ में क्या जादू था। सुबह छह बजे ही कॉलोनी में पहुँचती, बर्तन माँजना, रसोई बनाना आदि काम हँसते-हँसाते करती। कभी किसी के घर में तनातनी हो तो हमें ही समझाती। किसी के घर में जन्मदिन हो या गेट टुगेदर ज़्यादा काम करती पर ज़्यादा वेतन की अपेक्षा कभी नहीं की। पूछने पर उत्तर देती, "पैसा मानवता कहाँ जानता है भाई साहब! मानवता तो एक-दूसरे की सहायता में है। हाँ, चाहते हो तो इस काम को आप बोनस समझें या डिस्काउंट!" फिर हँसते हुए काम में जुट जाती। वह बोनस या डिस्काउंट का अर्थ भी नहीं जानती शायद। तब मैं समझ पाया कि ज़रुरत से ज़्यादा मिलने पर उसे हम नसीब कहते हैं। सुख-सुविधा के साधन अपने पास होने पर भी सदा रोता रहता है तो वह बदनसीब होता है। यह सच है जीवन में कुछ भी अपने पास न होकर भी जो हमेशा सन्तुष्ट रहता है, वह ख़ुशनसीब होता है। क्या कहें उसकी सन्तुष्टि के बारे में, ग्यारह बजे तक हमारी कॉलोनी में काम कर वह पड़ोस के अपार्टमेंट के चार-पाँच घरों में काम करती। हमने ही एक दिन कोरोना संक्रमितों की बढ़ती संख्या को देखते हुए कॉलोनी की मीटिंग में तय कर उसे काम पर आने के लिए मना किया था। पल्लू से लुढ़कते आँसुओं को पोंछते हुए हँसते ही चली गयी थी। शिकायत उसके जीवन में थी ही नहीं तो आज अचानक रास्ते पर चीख़ना-चिल्लाना मुझे अनुचित लगा।

भीड़ को चीरते हुए आगे बढ़कर मैंने आवाज़ दी, "अरे ओ बबीता! यह क्या तमाशा है। तू चिल्ला क्यों रही है इतने ज़ोर से। आज तुझे क्या हो गया है!"

"बाबू जी, आप कुछ नहीं जानते हो। साले ग़रीबों को क़ानून के नाम पर लूटना जानते हैं। मानो क़ानून ये ही जानते हैं, हम अनपढ़ों को क़ानून ही मालूम नहीं। बड़ा आ गया है मुझे क़ानून समझाने। किसी पार्टी के छुटभैया नेता के मरने पर पाँच-दस हज़ार की भीड़ होती है तब कोरोना का डर न कार्यकर्ताओं को होता है और न ही पुलिस प्रशासन को, लेकिन ग़रीबों की अन्त्येष्टि में बीस से अधिक लोग नहीं जायेंगे।"

मैं उसके बोलने का अर्थ समझ नहीं पा रहा था। देखा तो दोनों बच्चे साइकिल के पास माँ का रौद्र रूप देखकर घबराये खड़े थे। मैंने उसे थोड़ी देर शान्त रहने के लिए कहा, फिर भी उसका प्रलाप जारी ही था। मेरे साथ कई लोग ख़ाकी वर्दी वाले पुलिस को समझाते रहे। उसका भी कहना सही था। कोरोना की रोकथाम के लिए बनाये नियम के अनुसार मास्क के बिना रास्ते पर घूमना प्रतिबन्धित था। फिर भी बबीता दोनों बच्चों को लेकर रास्ते से गुज़र रही थी। ख़ुद तो मास्क पहना था पर छोटे ने मास्क नहीं पहना था। सुबह ग्यारह बजे तक कर्फ़्यू में ढील दी गयी थी। वह भी मात्र सब्ज़ी, किराना दुकान, दूध डेयरी चालू रखने की अनुमति थी, बाक़ी मार्केट बन्द थे। रास्ते पर अनावश्यक घूमने वालों को पहले उठ-बैठ करने के लिए कहा जाता था पर दूसरी लहर में मवेशियों की तरह भटकने वाले, बिना मास्क घूमने वालों से पाँच सौ से हज़ार रुपये तक ज़ुर्माना वसूल किया जा रहा था। शीतल सुबह कुत्ते को घुमाने ले गया था तो एक हज़ार रुपये ज़ुर्माना भरना पड़ा था। बेचारा सुबह-सुबह कहाँ हज़ार रुपये ले जाता है, पुलिस कर्मचारी मानने को तैयार नहीं थे। थाना ले गये, मित्र को फ़ोन कर रुपये मँगवाये गये तब कहीं छोड़ दिया गया। बबीता को मिलते ही कितने हैं महीने में जो हज़ार रुपये निकाल देती। पुलिस द्वारा रुपये माँगने पर वह पहले गिड़गिड़ाती रही, पुलिस ने बात नहीं मानी, डंडा चलाया और ग़लती से डंडा छोटे की पीठ पर पड़ा था। माँ का कलेजा ख़ामोश क्यों बैठता, बबीता ने अनाप-शनाप बकना शुरू किया था। देखते-ही-देखते रास्ते पर दो-चार लोग जमा हो गये। कई लोग बबीता को शान्त कर रहे थे तो कई ख़ाकी वर्दी वाले से विनती कर रहे थे। हुआ यों था कि लोगों द्वारा ख़ाकी वर्दी वाले को समझाने पर वह आपे से बाहर चला गया था और मास्क निकालकर बात करने और ग्यारह बजकर पन्द्रह मिनट होने

पर भी रास्ते पर टहलने के कारण हज़ार-हज़ार रुपये जुर्माना भरने के लिए कह रहा था। इतनी सी कहा-सुनी के कारण भीड़ जमा हो गयी थी। ख़ाकी वर्दी वाला भी अब अकड़ रहा था। सभ्य कहे जाने वाले एक-दो नागरिकों ने बबीता को समझाना शुरू किया था तो वह झल्ला उठी थी।

"तुम पूँजीपति क्या जानें श्रमिकों का महत्त्व! श्रमिक और मज़दूर काम करते हैं तभी तो तुम्हारे कल कारख़ानों की आवाज़ सुनाई देती है। हम श्रमिक काम करते हैं इसीलिए तो तुम्हारे घर चमकते-महकते हैं। कभी अपने हाथ से घण्टा गाड़ी में कचरा डालोगे तो पता चलेगा। बदमाश कहीं के, नौकरानी कचरा उठाती है और घण्टा गाड़ी में फेंकती है यह भी नहीं जानते। कंडोम तक कचरा डिब्बे में खुला ही फेंकते हैं, काग़ज़ में लपेटने की अक्ल भी नहीं है और ऊपर से कहते हैं कि हम ही देश चला रहे हैं। हम झोपड़ी में रहने वाले तुम से लाख गुना अक्ल रखते हैं।" बबीता ने इतना एक साथ कह डाला था। उसका कहना सही था शायद! मैं ख़ामोश होकर दोनों बच्चों से बात करता रहा तब उसके क्रोध का कारण समझ सका...

मार्केट यार्ड में काम करने वाला बबीता का पति चार महीने पहले कोरोना संक्रमित पाया था। साँस लेने में तकलीफ़ तो नहीं थी, सिर्फ़ सर्दी-खाँसी से त्रस्त था। पॉजिटिव पाने पर होम आइसोलेशन के लिए कहने के बदले अस्पताल में भर्ती होने के लिए कहा गया था। बेचारी ने कई घरों में काम करते हुए हज़ार स्क्वेयर फ़ीट प्लॉट लेने के लिए थोड़े बहुत रुपये जमा किये थे। पति ने भी इसमें योगदान दिया था। पूँजी दवा-दारू में उड़ गयी थी। "सही कहा जाये तो डॉक्टर का धर्म तो सेवा करना है बल्कि आज इस व्यवसाय में सेवा लुप्त हो गयी है। एक ओर डॉक्टरों द्वारा अनावश्यक रेमडेसियर लिखकर देना तो दूसरी ओर बाहर ब्लैक में बेचना, सब मिलीभगत है। मरीज़ों को अनावश्यक इंजेक्शन लगाते हैं जबकि रिश्तेदार बीमार होने पर वही इंजेक्शन अनावश्यक मानते हैं। या तो दवा जाली होगी या अनावश्यक लिखकर देते होंगे। मनुष्य के स्वास्थ्य से इन्हें लेना-देना नहीं है, इनके लिए तो पैसा ही सब कुछ है।" कहते हुए वह रो पड़ी। समझने में देर नहीं लगी। पति की मृत्यु पर लाश भी प्लास्टिक में लपेटकर दी गयी थी। वैसे बबीता ने जीवन में कभी रोना नहीं सीखा था। वह जीवन के उतार-चढ़ाव, सुख-दुख में अन्तर नहीं

मानती थी। उसके अथाह साहस के हम भी चहेता बन गये थे। झोपड़पट्टी में सबकी लाड़ली थी वह। किसी के घर में कार्यक्रम हो, शादी हो या उपनयन या किसी की गोद भराई, बबीता अवश्य उपस्थित रहती। हाथ में कुमकुम की डिबिया लेकर दरवाज़े पर स्वागत के लिए तैनात! फिर ख़ुद ही घर वालों का मेकअप करती। कभी-कभी किसी रस्म के अवसर पर वह गीत भी गा लेती। उस मिलनसार स्वभाव ने ही उसे झोपड़पट्टी में 'लीडर' बनाया था। लोग उसे मज़ाक़ में 'लीडर' कहते तो झल्लाते हुए वह उत्तर देती थी, "आज राजनीति में प्रेम, लगाव काम के नहीं हैं। यहाँ बुद्धि काम नहीं करती, चुनाव में पैसे वाला बाजी मारता है। देश की राजनीति में आम जनता के लिए स्थान ही कहाँ है। कोई बुद्धिमान हो, सबसे लगाव रखता हो, सज्जन और सदाचार हो तो वह राजनीति में अयोग्य साबित होता है। उसके पास पैसे का बल होना चाहिए, घूमने-घुमाने के लिए गाड़ियाँ हों, सबसे सम्पर्क बनाये रखने के लिए दो-तीन मोबाइल होने चाहिए, ख़ुद भूखा हो पर पाँच-पचास लोगों को खिलाने-पिलाने की आर्थिक क्षमता चाहिए। चाहे वह ब्याज़ वसूलता हो लेकिन जेब पैसों से भरी हो, अवसरवादी हो, नेता के जूते चाटता हो तभी टिकट मिलेगा। वरना टिकट के साथ पत्ता भी काट दिया जायेगा। लोग भी वैसे बलवान की सहायता करेंगे। बिन बुलाये उनके घर के कार्यक्रमों में दौड़-धूप करेंगे, उनके घर में किसी की मृत्यु होने पर अपने घर के मरीज़ को अस्पताल में अकेले छोड़कर ज़रूर जायेंगे पर ग़रीबों को कन्धा देने नहीं जायेंगे।" उसकी बात पर सभी सोचते रहते।...उसका कहना सही था, क्रोधित होना भी सही था। पति की मृत्यु पर पुलिस कर्मचारी घर के सामने तैनात थे, लाश अस्पताल में होने पर भी घर के सामने किसी को भटकने नहीं दिया था। यहाँ तक कि लोगों ने भी अन्त्येष्टि में जाना उचित नहीं माना था, जबकि गाँव में किसी पार्टी के छुटभैये नेता की मृत्यु पर भीड़ देखते हुए भी पुलिस विभाग कान में तेल डाले बैठा था।

मैंने बबीता को अपने पास बुलाकर समझाया। मृत्यु के बाद पति तो लौट नहीं सकता था परन्तु बच्चों को सँभालना भी उतना ही महत्त्वपूर्ण था। ख़ाकी वर्दी वाले के समझाने-पूछने में ग़लती क्या थी! मैं और साथ में आये कालोनी के मित्र विल्यम ने भीड़ को कम करने के लिए कहा। ख़ाकी वर्दी वाले व्यक्ति को एक ओर ले जाकर समझाने के सिवा दूसरा रास्ता भी नहीं

था। यदि हज़ार रुपये होते तो सीधे निकाल कर दिये होते। मैंने दोनों हाथ जोड़ते हुए हज़ार रुपये के बदले पाँच सौ रुपये लेने के लिए कहा। मेरा हाथ जोड़ना भी भारी पड़ गया। हम दोनों को भी दोषी करार देते हुए उसने हमें भी धमकाया। वास्तव में बच्चों को साथ ले आना उसकी मजबूरी थी। झोपड़पट्टी में दो-चार लोग संक्रमित थे, पति की मृत्यु कोरोना के कारण होने से वह बच्चों को घर में छोड़ना पसन्द नहीं करती थी। उसने लाख बार कहा था, माफ़ी भी माँगी थी पर ख़ाकी वर्दी वाला सुनने के लिए तैयार नहीं था। हमारी कालोनी से काम से छुट्टी देने पर बेचारी थोड़े दिन चक्की में नीचे पड़े आटे से बनी रोटियाँ बच्चों को खिलाती रही। कहीं काम ही न मिलने पर मंगलसूत्र बेचकर तीन-चार महीने घर चलाया। पिछले ही महीने उसे दो घरों में बुलाया गया था, हमारी कॉलोनी से एक किलोमीटर दूर अर्थात झोपड़पट्टी से दो किलोमीटर दूर! मन की वेदना को एक बार आँखों से निकाल दिया था तथा बच्चों का भविष्य गढ़ना तय किया था। बच्चे भी माँ की तरह स्वाभिमानी थे। यदि कहीं कोई खाने के लिए देते तो बिल्कुल नहीं लेते।

कल अक्षय तृतीया के दिन जब वह दोनों बच्चों को साथ में ले गयी तो मालिक के घर में सभी आम खाते नज़र आये। बच्चों को आम का टुकड़ा देने पर उन्होंने लेने से इनकार किया। बबीता ने मालिक की मर्ज़ी के लिए आम का एक-एक टुकड़ा लेने के लिए कहा तो बड़े ने तो सीधा इनकार किया। "सुबह-सुबह घर से आम खाकर ही निकला हूँ सेठजी!" बेटे के स्वाभिमान पर माँ का दिल रोता रहा, पर छोटा आम की ओर देखता रहा। बड़े के इशारे को समझकर चुपचाप रहा। यों बड़ा नौ वर्ष का तो छोटा छह वर्ष का था फिर भी दोनों बड़े समझदार थे। मालिक ने कुछ कहना भी उचित नहीं माना था। दिन भर उसे पति की याद आती रही। आम के सीजन में सप्ताह में दो-तीन बार तो आम ले आया करता था और घर में सभी एक साथ खाया करते थे। बहुत ही अनमन हुई थी कल...शायद ज़िन्दगी में पहली बार वैसे हुआ था उसके साथ। काम से छुट्टी लेकर घर जाते समय मालिक ने महीने का वेतन दिया था। घर लौटते समय उसकी नज़र आम की खोज में थी, कहीं ठेले पर आम बेचने वाला नज़र आये तो बच्चों के लिए आम ख़रीदना चाहती थी पर ग्यारह के बाद मण्डी बन्द होने के कारण अक्षय तृतीया होकर भी न ही आम ख़रीद

सकी और न ही बच्चों को खिला सकी। पूरा दिन मन में आम और बच्चों की समझदारी पर विचार करती रही।

आज सुबह मालिक के घर जल्दी गयी थी। सुबह ग्यारह बजे छुट्टी लेने के बदले पन्द्रह मिनट पहले निकली थी। मण्डी में आम ख़रीदकर बच्चों को खिला रही थी कि हंगामा हो गया था। ख़ाकी वर्दी वाला मान नहीं रहा था, उल्टा समझाने वालों को ही 'लातों के भूत बातों से नहीं मानते' कहते हुए धमका रहा था। लोगों के भी दो गुट बने। मास्क पहने कई लोगों ने बबीता को समझाते हुए हज़ार रुपये भरने के लिए कहा तो कई लोगों ने वर्दी वाले को समझाते हुए बेचारी विधवा को माफ़ करने के लिए कहा। किसी ने 'उल्टा चोर कोतवाल को डाँटे' कहते हुए पुलिस द्वारा हो रहे अत्याचार का पाठ पढ़ना शुरू किया। 'ख़ाकी वर्दी हाय हाय', 'ख़ाकी वर्दी मुर्दाबाद' के नारे लगने लगे। तभी अचानक किसी ने पीछे से सीटी बजायी। लगा कि वैन आ गयी हो पर वैन नहीं थी। सिविल ड्रेस के एक नौजवान ने मेरे पास खड़े युवक पर एक डंडा बरसाया तो सभी घबरा गये। उसके एक डंडे से नारा और भी तेज़ हो गया। 'ख़ाकी वर्दी हाय हाय', 'ख़ाकी वर्दी मुर्दाबाद'। उसने सभी को शान्त होने के लिए कहा और सीधा ख़ाकी वर्दी वाले व्यक्ति को दबोच लिया। हम कुछ समझ ही नहीं पाये कि मामला क्या है। ख़ाकी वर्दी वाले और सिविल ड्रेस वाले के तू-तू मैं-मैं को हम समझ नहीं पा रहे थे। सिविल ड्रेस वाले व्यक्ति ने कहा, "कृपया आप शान्त हो जाइए! मुझे मामला समझ में आ गया है। सच्चे और ईमानदार पुलिस कर्मचारी तो आपकी रक्षा के लिए होते हैं। अभी आपको क़ानून हाथ में लेने की आवश्यकता नहीं है। पुलिस भी आख़िर इन्सान है। वह किसी का पुत्र, किसी का भाई, किसी का पति और किसी का पिता है। कर्फ़्यू में भी हमने आपकी ही सेवा की है और करते रहेंगे।"

"साहब! यह मामला क्या है? यह कौन है?"

"यह तो फर्ज़ी पुलिस है, जो क़ानून के नाम से आप को लूट रहा था। देखो, इसके हाथ में रसीद बुक भी फर्ज़ी है।"

हमने समझ लिया कि सिविल ड्रेस वाला सच्चा पुलिस कर्मचारी ड्यूटी से घर लौट रहा था। उसने अपना पहचान पत्र दिखाया तथा अपने थैले से आम

निकालते हुए बबीता के बच्चों के हाथ में देते हुए कहा, "आप जैसे मेरा भी बेटा कल से आम माँग रहा है। मैंने समझाया कि हमारे लिए अक्षय तृतीया आज नहीं कल होगी इसीलिए आज आम ले जा रहा हूँ। कल दिन-रात ड्यूटी थी सो अब घर जा रहा हूँ।"

अचानक सबने नारा बदल दिया, 'पुलिस विभाग,...ज़िन्दाबाद ज़िन्दाबाद!' सच्चा पुलिस कर्मचारी घर जाने के बदले पुनः ड्यूटी करता रहा...।

गहना

सच्चा सुख कहाँ है, सुख की प्राप्ति के लिए आवश्यक साधना की चर्चा तो बहुत सुनी थी। लोग सुख की प्राप्ति हेतु दर-दर भटकते हैं पर सुख तो मृगजल की तरह है। मैंने अमीरों-पूँजीपतियों के साथ मठों-मन्दिरों में रहने वालों की सुख की असफल गाथा सुनी है। पर सच्चा सुख तो सुमन में देखा है। सुमन अर्थात नाम को सार्थक करने वाली अकिंचन सुमन में...

दिनेश के पिता ने ज़िन्दगी में शराब पीने और पत्नी की पिटाई को मानो व्रत ही मान रखा था, सुबह उठते ही देशी दारू के लिए रुपये की माँग, रुपये न देने पर उतना नहीं मारता जितना नशे में मारता! रुपये न देती तो भी मार, देती तो भी मार खाने के सिवा कुछ भी नहीं था पत्नी के जीवन में। नशे में ज़मीन के साथ ख़ुद भी चला गया था। अगला ठोकर खाये पिछला बुध पाये कहावत की तरह कड़ी मेहनत करने वाला दिनेश शराब से दूर ही रहता। उसके कई मज़दूर मित्र रोज़ शाम चौराहे पर नशे में बातचीत करते नज़र आते, कई तो काम से छुट्टी लेते ही संध्या करने मदिरालय चले जाते और नशे में झूमते हुए घर जाते नज़र आते। दिनेश ने उन्हें कई बार समझाया था पर भैंस के आगे बीन बजाय भैंस खड़ी पहुराय वाली बात थी। पिता ने पूँजी के रूप में फूटी कौड़ी भी नहीं रखी थी, मरते समय शराब से दूर रहने का मूलमन्त्र दिया था। उसी पूँजी के बल पर दिनेश विधवा माँ के साथ दिन काट रहा था।

करने वालों के लिए हज़ारों काम हैं, बस करने की इच्छा हो। दिनेश ने पहली बार जो मास्टर से मार खायी, दुबारा स्कूल का नाम तक नहीं लिया

था। परन्तु चार दीवारों के बाहर वह बहुत कुछ पढ़ता रहा, उसकी आँखें गवाह हैं! पर आँखों के गवाह होने से सरकारी या निजी प्रतिष्ठानों में नौकरी नहीं मिलती, सो मन मारकर मज़दूरी करता रहा। कारण उसके पास न मिडिल का प्रमाण-पत्र था न ही मैट्रिक का! माँ के साथ दिनेश भी खेत में मजदूरी करता रहा। माँ ने रिश्तेदारों में ही अनपढ़ सुमन को बहू के रूप में लाना तय किया था। शादी में बहू के लिए रत्ती भर सोना न ख़रीदते वे सास-ससुर कैसे! फिर तो दिनेश की माँ ही सुमन के लिए सास भी थी और ससुर भी। नथुनी, कर्ण फूल जैसे छोटे गहनों के लिए भी कम-से-कम आधा तोला तो सोना चाहिए। कड़ी मेहनत करते समय लू लगने से चल बसी, घर में आने वाली बहू के लिए गहने ख़रीद नहीं सकी। तय किया रिश्ते को तोड़ना पाप मानते हुए सुमन के माता-पिता ने उसके हाथ पीले कर दिये। तिलक के बाद टूटते रिश्ते को कलंक मानते हैं। "कलमुँही की सगाई हुई तो सास को निगल दिया। अब घर में क़दम रखेगी तो सत्यानाश ही कर डालेगी।" कहते हुए बेटी के साथ माँ-बाप का मुँह भी देखना पसन्द नहीं करेंगे; यही सोचते हुए कि दूसरा कौन ब्याहेगा, सुमन की विदाई की थी।

दिनेश भी सुमन के साथ छोटे-से कमरे में गुज़ारा करता रहा। माँ का विचार करते हुए गाँव में रहा करता था। अब पत्नी को लेकर शहर में काम करता तो दो-चार पैसे ज़्यादा मिलते थे। वैसे उसके मित्र कल कारख़ानों में काम करने के लिए जाते थे। एक दिन वह भी मित्रों के साथ कारख़ाने में चला गया। कड़ी मेहनत के साथ वेतन भी अच्छा था, दिन भर भट्ठी के सामने काम करना पड़ता था। इंडस्ट्रियल एरिया में तीन शिफ्टों में काम होता है। हाँ, कोई चाहते तो दो शिफ्ट में काम कर सकते थे। दिनेश भी पत्नी को लेकर शहर चला गया और कारख़ाने में काम करता रहा। सुमन भी दोपहर तक चार-आठ घरों में चौका बर्तन करती थी। दोपहर घर लौटती, थोड़ी देर आराम करती, फिर घर में ही होटल के लिए रोटियाँ सेंककर देती। पति सप्ताह में कभी-कभार लगातार दो शिफ्ट करता। अकेले सुमन ऊब जाती। मायके में भी खटना ही लिखा था। सोचती—"पड़ोसी गौरी की तरह पढ़ाई करती तो आज मैं भी या तो डॉक्टर बनती या टीचर। पर माँ उपले थापने

से छुट्टी देती तब पढ़ाई करती न!" उसका सोचना सही था, टोकरी लेकर मवेशियों के पीछे पड़ना, गोबर इकट्ठा करना उसका नित्यकर्म बना हुआ था। फिर विद्यालय कैसे जाती। लेकिन पड़ोसियों के घर घण्टे भर टीवी देखने जाती तो उनके वैभव की चर्चा अपनी माँ के साथ करती। बचपन याद आता तो रुआँसा बन जाती।...पति के घर लौटते वक़्त रुदन ठीक नहीं, सो हाथ-मुँह धोकर बैठ जाती। थका-माँदा पति के आते ही चाय बनती तो दोनों थोड़ी देर के लिए बातचीत करते।

"कितने दिन तक भट्ठी के सामने बैठकर काम करोगे? पैसे देखते हो कि सेहत?"

"ज़िन्दगी भर थोड़े ही भट्ठी के सामने काम करूँगा। बस और दो-चार महीने काम करूँगा, दो-चार रुपये जमा होते ही ख़ुद कोई छोटा-मोटा उद्योग शुरू करते हैं।"

"उद्योग शुरू करने के लिए बड़ी पूँजी लगती है! कभी शक्ल देखी है अपनी आईने में!" हँसते हुए सुमन ने कहा।

"तुम्हारी सूरत सामने होने पर आईना देखने की ज़रूरत कहाँ पड़ती है मुझे!" वह भी चुटकी लेता, फिर दोनों क्षणभर हँसते रहते।

देखते-देखते पूरा साल बीत गया और दोनों चर्चा करते रहे। तय किया कि लोहे के कारख़ाने में भट्ठी के सामने बैठकर काम करने के बदले किसी ठेले पर ही काम करें। काम चाहे कितना भी छोटा हो, ईमानदारी से करने में ही बड़प्पन होता है। शर्म क्यों करें, शर्म तो गोरखधन्धा करने, चोरी करने या किसी का गला काटने वालों को आये। ठेले पर काम करते-करते कुछ सीख ले तो ख़ुद का नाश्ते का ठेला भी शुरू कर सकते हैं। सुमन तो होटल के लिए रोटी सेंकती थी दोपहर में। उसने तो समोसा, कचौड़ी बनाना भी सीख लिया था। आवश्यकता के अनुसार होटल वाले सामग्री लाकर देते और वह मज़दूरी पर बनाकर देती। फिर क्या था, दिनेश ठेले पर काम करने लगा। सुबह पाँच बजे घर से निकलता। शुरुआत में मालिक ने उसे प्लेट उठाने और धोने का काम दिया। वह कुछ न बोलता, उसे तो काम सीखना था। कभी-कभी कारीगर के हाथ में काम करता, उसके छुट्टी लेने पर ख़ुद कारीगरी का काम

करता। दोपहर के बाद घर लौटते समय मालिक बचाखुचा नाश्ता नौकरों को दिया करता। दिनेश नाश्ता घर ले आता और पत्नी के साथ खा लेता।

सब कुछ ठीक चल रहा था, पर अचानक शहर में कोरोना महामारी की चर्चा शुरू हुई। दुनिया के कई देशों के साथ कोरोना ने भारत को भी अपनी चपेट में लेना शुरू किया तो कर्फ़्यू की चर्चा होती रही। बाद में जनता कर्फ़्यू के साथ अचानक लॉकडाउन की घोषणा की गयी तो मज़दूरों-कारीगरों में भगदड़ मच गयी। सरकारी नौकरों को तो घर बैठे-बैठे एक तारीख़ को वेतन मिलता, पर ग़रीबों का क्या! अचानक हुई पूर्णबन्दी के कारण दिनेश के सामने कई प्रश्न खड़े हो गये। वह न गाँव जा सकता था और न ही शहर में घर का किराया दे सकता था। यद्यपि सरकार ने किराये के लिए ज़बरदस्ती न करने की बात की थी, फिर भी घर मालिक के बहाने सुनकर वह निरुत्तर होता। वह कोई पंजीकृत मज़दूर भी नहीं था, जिन्हें सरकार सहायता करती। फिर भी डूबते को तिनके के सहारे की तरह सुमन ने सब कुछ सँभालना शुरू किया। वह रोज़ चौका बर्तन करने जाती। उसी की कमाई पर घर चलता रहा। लॉकडाउन में सुमन को व्यापारी के संयुक्त परिवार ने चौका बर्तन के लिए काम पर बुलाया। वह रोज़ मास्क पहनकर काम के लिए जाती। पूर्णबन्दी के कारण घर बैठे अमीर खाने के सिवा क्या काम करेंगे! सुमन पन्द्रह-बीस लोगों का खाना बनाती, कभी कचौड़ी-समोसा, कभी ढोकला बनाती। काम करते-करते वह घर की औरतों की आपसी बातचीत सुनती तो दंग रह जाती।

"लॉकडाउन के बाद तो बढ़िया टूर पर जायेंगे आठ-दस दिनों के लिए।"

"फिर आठ दिन का खाना?"

"खाने की क्या चिन्ता है! यह बाई है न, साथ ले जायेंगे इसे, ईमानदारी से काम करती है।" सुमन की ओर देखते हुए कोई स्त्री कहती तो वह मन-ही-मन ख़ुश हो जाती।

दूसरे घर में भी इसी तरह की चर्चा सुनने में आती। बाज़ार बन्द होने पर भी कोई ऑनलाइन स्विमसूट ख़रीदने की बात करते तो कोई कसरत के उपकरण का ऑनलाइन ऑर्डर देते, कहीं किसी घर में कुत्ते के लिए पेडिग्री, ब्रेड, टोस्ट, बिस्कुट ऑनलाइन मँगवाया जाता। सुनती तो सुमन दंग रह

जाती। सोचती–"इन्हें ग़रीबों की कहाँ चिन्ता है, जब देखो तब मस्ती, जिम की ही चर्चा। लॉकडाउन में ग़रीबों को मज़दूरी नहीं मिलती लेकिन इनके मुँह में ऑनलाइन ख़रीदने, घूमने की चर्चा के सिवा दूसरा कोई विषय ही नहीं। ग़रीब क्यों न जले इन पर!" फिर भी शान्ति से काम कर घर की ओर निकली। घर में क़दम रखते ही चकित हुई। पति ने घर के सामने झाड़ू मारा था, ख़ुद बर्तन माँजकर रखे थे। वह लेटा था। सुमन को लगा शायद खा कर सो गया होगा। ख़ुद भी कुछ खाकर अनाज साफ़ करती रही। अचानक उसे पति की सिसकियाँ भरने की आवाज़ सुनाई दी। देखती तो क्या वास्तव में वह रो रहा था। सूप बाजू रखकर उसने पति को उठाते हुए पूछा, "क्या हो गया है अचानक, तबीयत तो ठीक है न!"

दिनेश ने कुछ कहा नहीं पर सुमन को अपने सीने से लगा लिया।

"यह क्या हुआ है तुम्हें, इस तरह सिसकियाँ भरने का कारण तो बताओ। कुछ तकलीफ़ हो तो डॉक्टर के पास जायेंगे।"

"नहीं सुमन, मुझे कुछ नहीं हुआ, मैं बिल्कुल ठीक हूँ।"

"फिर इस तरह तुम्हारा रोना?"

"मुझे माफ़ कर दे सुमन, मैं पति के लायक नहीं रहा!" कहते हुए दोनों हाथ जोड़ता रहा।

सुमन ने उसे अपनी बाँहों में भरते हुए कहा, "तुम्हें मेरी क़सम है, कुछ तकलीफ़ हो तो ज़रूर बताना। लॉकडाउन में रात के समय डॉक्टर घर के दरवाज़े तक नहीं खोलते।" सुमन के मन में सन्देह था, पति के कोरोना पॉजिटिव होने का। उसे अतीत याद आता रहा, गाँव में पूँजी के नाम से कुछ था भी नहीं। यदि कुछ भला-बुरा हो जाये तो शहर में दो-चार लाख से कम बिल नहीं होता। एक तो ग़रीबों की ओर किसी का ध्यान नहीं। पैसे ने मनुष्य को ग़ुलाम बनाया है, मोबाइल ने मनुष्य को मनुष्य से दूर किया है, उसे अकेलेपन का शाप दिया है, कोरोना ने उस पर कहर बरपाया। सन्देह के कारण लॉकडाउन में अकेलेपन के शिकार लोग किसी से मिलना भी नहीं चाहते। आख़िर प्रवासी मज़दूर परिवार में एक-दूसरे का आधार है कौन? पति-पत्नी ही, यदि कुछ भला-बुरा हो जाये तो...। वह सोचती रही।

"सुमन! तुझे याद है, मैंने वादा किया था, जन्मदिन के अवसर पर गहने ख़रीदने का। पर मैं वादा पूर्ण नहीं कर सका। आज तो घर भी तू ही चला रही है और मैं निठल्ला बैठे खा रहा हूँ। इस लॉकडाउन में सारे उद्योग-व्यापार बन्द हैं। मज़दूरों को काम से निकाल दिया गया है। हाथ में काम नहीं है। तुझे दिन-रात खटते देखता हूँ, सोचा आज तो मैं घर में स्वच्छता करूँ। गहने नहीं ख़रीद सका इसका मुझे खेद है। मुझे माफ़ कर दे सुमन!"

"इसमें माफ़ करने की बात ही क्या है! मैं तो भूल ही गयी थी कि आज मेरा जन्मदिन है। देखो न, अनपढ़ होने का भी कभी-कभी फ़ायदा होता है। मैंने तो कभी नक़ली गहनों का विचार भी नहीं किया है। नथुनी, टीका जैसे गहनों को मैं कभी असली मानती ही नहीं हूँ।"

"सुमन! यह तू क्या कह रही है। मैंने तेरे लिए नक़ली गहने नहीं, असली गहने ख़रीदने का वादा किया था।"

"तो फिर, मैं भी वही कह रही हूँ कि वह गहने मेरे लिए असली नहीं हैं।"

"फिर असली गहने कौन-से हैं जो तू चाहती है?"

"मेरे लिए तो असली गहने मेरे राजकुमार हैं, राजकुमार दिनेश!" कहते हुए पति के हाथ अपने हाथों में लेकर चूमती रही।

"सुमन! यह क्या कह रही है?"

"मेरा दिनू राजा! जीवन में सुख गहनों में नहीं है, सुख है ख़ुश रहने में, जैसी भी परिस्थिति है उसमें ख़ुश रहना। बात किसी के कमाने न कमाने की नहीं है, बात प्यार से ज़िन्दगी बिताने की है तथा परिस्थिति से समझौता करने की है। कभी-कभी बढ़ती अपेक्षा मनुष्य को निराशा की खाई में धकेल देती है, जहाँ गिरने से वह कभी उभर नहीं सकता। मैं जानती हूँ कि मनुष्य के लिए गहने प्राण प्रिय हैं। चाहे पुरुष हो या स्त्री, प्रत्येक का ज़ेवर पहनने का विचार भी स्वाभाविक है। इसमें किसी का दोष नहीं है। मैं यह भी भलीभाँति जानती हूँ कि अलंकार ही मनुष्य के लिए सब कुछ नहीं है। घर में सोना होने पर भी चोरों के भय से नक़ली गहने पहनकर घूमने वालों को देखा है। यहाँ तक कि नक़ली गहनों को ही असली गहना मानकर पीछे पड़ने वाले

और दिन-दहाड़े जान मारकर गहने चुराने वालों की ख़बरें भी सुनने में आती हैं। पिछले सप्ताह ही चोरों ने किसी के घर में चुराया सोना नक़ली होने पर पोटली वापिस घर के सामने फेंककर कार को क्षतिग्रस्त किया। जिसके घर में ज़रूरत से ज़्यादा गहने हों वे चैन की नींद सो भी नहीं पाते। अब तुम ही बताओ कि सुख किसमें है! अगर सही बात कहूँ तो पति-पत्नी के लिए सोना ही सब कुछ नहीं है, जीवन को स्वर्णिम बनाना ही बड़ी बात है। अब मैं नक़ली नहीं, तुम्हें ही असली गहने के रूप में स्वीकार करती हूँ।"

"सुमन! तेरा नाम ही सुमन नहीं है, मन भी सुमन है।" कहते हुए दिनेश ने डिबिया से मिश्री ली और पत्नी का मुँह मीठा कर दिया। बस, दोनों की आँखों से ख़ुशी के आँसू बहते रहे।...दोनों ने सुखी होने का अर्थ समझ लिया था!

उपवास

अठहत्तर साल के बूढ़े को अठारह साल का जवान कहते हुए हँसते थे। वह चिढ़ता हुआ रास्ता पार करता नज़र आता। इकहरा शरीर, कमज़ोर पतली टाँगें, बिखरे बाल, पिचके गाल, बौना बूढ़ा हँसी का पात्र बनकर गली-गली घूमता था, कोई उस पर चिढ़ते, कोई हँसते, उसे देखकर कोई दुनिया का सबसे बड़ा दयालु बनकर प्रस्तुत हो जाता; पर बूढ़े के "अरे ओ भैया! आ गया तुम्हारा बढ़िया, घर के छोटे-मोटे काम हो तो बताना" वाले शब्दों में कोई अन्तर नहीं पड़ता था। पच्चीस साल पहले वाली पुरानी साइकिल उसके जीवन में सुख-दुख की साथी थी। हैंडल के एक साइड में मोटी थैली में बढ़ईगिरी के औज़ार होते और कान में लम्बी पेन्सिल लगाये बूढ़ा गली-गली चलता भूत नज़र आता! चार-पाँच गलियों में काम की खोज में घूमता हुआ साइकिल चलाता रहा। काम तो नहीं मिला पर गालियाँ अवश्य सुनने को मिलीं। कहीं कोई शहरी पोशाक पहने बूढ़े ने कहा, "बढ़ईगिरी जानता तो यूँ गली-गली नहीं घूमता। थैली लेकर घूमने के बदले कटोरा लेकर घूमना। कोई रुपया-दो रुपये तो देंगे।" सुनकर बूढ़े को ग़ुस्सा अवश्य आता और मन-ही-मन यही कहता, "हरामखोर, साले, सरकारी नौकरी क्या मिल गयी, इतनी अकड़ आ गयी है। हम दोनों की उम्र में अन्तर नहीं फिर भी तेरे व्यवहार में यह अकड़, भगवान तुझे भी एक दिन देख लेगा!" बूढ़े को अपना अतीत याद आता रहा। एक समय था जब शहर में उसकी बहुत चलती थी। उसके यहाँ तीन नौकर थे। यद्यपि तीन नौकर थे फिर भी उसने उन्हें नौकरों के बदले अपने बेटे की तरह प्यार दिया। अपने पारिवारिक सदस्य के रूप में देखा। दो नवविवाहित नौकर देर से आते तो भी उन्हें पूरा वेतन दिया। सोचा कि विवाहित जीवन है,

थोड़ी देर करेंगे तो क्या हर्ज़ है। उन दोनों को सुखी वैवाहिक जीवन के सूत्र बताते हुए काम करने के लिए कहता। तीसरे नौकर को प्लॉट ख़रीदने के लिए रुपये दिये परन्तु वह गाँव से चम्पत हुआ। बहुत ढूँढ़ा पर मिला नहीं। आख़िर 'अपनी क़िस्मत में रुपये नहीं थे इसलिए वह पैसा लेकर भाग गया होगा' कहते हुए अपने ही मन को समझाता रहा। बढ़िया का इकलौता बेटा कल्पेश बूढ़े के हाथ में काम करने के बदले नौकरी की खोज में मुम्बई चला गया था।

कल्पेश पिता के साथ काम करता पर काम ही न मिले तो क्या करे, सो मन मारकर मुम्बई चला गया पत्नी के साथ। तब से मानो बूढ़े के हाथ कट गये थे। बढ़ती उम्र के साथ बीमारी बढ़ती जा रही थी। बीपी और शुगर की गोलियाँ तो हर रोज़ लेनी पड़ती थीं। उतने रुपये गाँव में कहाँ से लाता इसीलिए सुबह-सुबह साइकिल लेकर घूमता नज़र आता। बूढ़ी अच्छी रसोइया थी। दो-चार घरों में चौका बर्तन करती। कहीं किसी मालकिन की दया के अनुसार थोड़ा बहुत खाकर घर आती। आज घर में खाने के लिए कुछ नहीं था। सोचा था कि कहीं काम मिल जाये तो रास्ते में ही कुछ खा ले पर दोपहर बारह बजने पर भी काम नहीं मिला। शुगर की गोलियों का समय बीत गया था, पेट भी ख़ाली था पर अपनी कला पर विश्वास था। सोचा कि कहीं काम मिल जाये तो कुछ सामान घर ले जायें। सामने से आते नौजवान से पूछा, "भाई साहब! यहाँ कहीं किसी के घर में दरवाज़ा-खिड़की या कुर्सी-मेज़ का काम हो तो बतायें।"

"मुझे क्या मालूम? क्या मैंने उसका ठेका लिया है?" नौजवान खिसियाते हुए उत्तर देकर चल पड़ा। "हे भगवान! कलाकारों के भी कैसे दिन आ गये! आज काम की खोज में घूमना पड़ रहा है। कहते हैं कि ब्रह्मा ने सृष्टि की रचना की होगी तो विश्वकर्मा ने शिल्पों की रचना! प्राचीन काल में कितना मान-सम्मान मिलता था हमें। तब के उड़न खटोला, पुष्पक विमान, तरकस, बाण, किसानों के औज़ार, विभिन्न प्रकार के रथ, राजा-महाराजाओं के सिंहासन तक बनाया करते थे। ज़माने के साथ सब कुछ बदल रहा है।" उदास बूढ़ा बुदबुदाते हुए किसी सोसाइटी में घुस गया। दो-चार घरों के सामने से गुज़रता रहा, कोई बाहर नज़र नहीं आये। एक मोड़ लेकर घण्टी बजाते हुए साइकिल ढकेलता रहा। डाकिया भी उसी सोसाइटी में आ गया था। उसे देखकर किसी घर के कुत्ते भौंकते रहे। बढ़िया पहले डर गया था फिर सँभल

गया। 'गेट बन्द है, कुत्ते थोड़े ही बाहर आयेंगे काटने के लिए। चल बूढ़े, इसी का फ़ायदा ले ले। कोई काम मिल जायेगा।' मन ने कहा तो घण्टी बजाते वहीं डटकर खड़ा रहा। दो-चार मिनट बाद एक घर से औरत बाहर आयी। उससे प्रश्न किया, "बिटिया! कोई काम हो तो बताओ, मैं बढ़िया हूँ। कुर्सी, मेज़, दरवाज़ा या कोई छोटे-मोटे काम हो तो करूँगा, बिल्कुल घर के आदमी की तरह। सुबह से काम नहीं मिला।"

"काहे का काम है, कछु नहीं।" इतना कहते हुए उसने धड़ाम से दरवाज़ा बन्द कर लिया।

"साला नसीब ही ऐसा है अपना! भाग्य में आज रोटी लिखी नहीं है शायद! बुढ़िया पूछेगी ज़रूर। कुछ ख़रीदा ही नहीं जायेगा तो चूल्हा कैसे जलेगा! अरे भगवान! अब तू ही राखनहार है" कहते हुए साइकिल चलाता रहा, चलाता रहा, चलाता रहा। अचानक होटल के सामने साइकिल रोकी और काउंटर पर जाकर पूछा, "मालिक! मैं इस गाँव का बढ़िया हूँ। रोहिणी नगर में रहता हूँ। यदि होटल में कुर्सी-मेज़ की मरम्मत हो तो कर सकता हूँ।"

"अरे बाबा! देखते नहीं क्या, कुर्सी-मेज़ तो फाइबर की बनी हैं। तुम्हारे लिए यहाँ कोई काम नहीं मिलेगा, चले जाओ।"

"कुर्सी-मेज़ न सही और कोई दूसरा काम? यदि कोई अलमारी या दरवाज़ा-खिड़की रिपेअरी का काम हो तो भी कहना, कर दूँगा।"

"नहीं है मेरे भाई! तुम्हारे लिए कोई काम नहीं है। दोपहर का टाइम है। ग्राहक वेटिंग में खड़े हैं, मुझे काम करने दो, चले जाओ।"

"भैया! बुरा मत मानो, पिछली बार आया था तो मालिक ने एक महीने बाद आने के लिए कहा था, सो आज आया हूँ।"

"आये हो तो अच्छा काम किया। मैं दूसरा कोई काम दे नहीं सकता। चाहते हो तो वेटर का काम करना।"

अन्तिम वाक्य ने मानो आरी से उसे काट दिया। कुछ बोल नहीं पाया। सामने खड़ा वेटर उसे देखकर हँसते हुए चला गया। उसकी नज़र टेबल की ओर चली गयी। थाली में भिंडी की सब्ज़ी, रायता, जामुन और चपाती देख जीभ लपलपाती रही। कुछ लाभ नहीं हुआ, खदेड़ा गया। किसी ने पानी तक पीने के लिए नहीं कहा। हैंडल की ओर थैली में निठल्ले बैठे पेचकस, पत्थरी,

रेती, छोटी आरी, हथौड़ा, सॉ सेंटर, पिंसर, व्हील ब्रेस के साथ पानी की बोतल थी, बोतल हाथ में ली...ख़ाली थी। गीली आँखों के साथ बोतल थैली में रख चल पड़ा घर की ओर...! बहुत दिनों से ऑइलिंग न करने, सर्विसिंग तक न करने से साइकिल अपना राग गा रही थी। भारी हो गयी साइकिल धीरे-धीरे चलाते घर की ओर निकला। उसके शरीर में साइकिल चलाने की ताक़त भी नहीं थी फिर भी चला रहा था। रास्ते में ही किसी परिचित ने आवाज़ दी, "भाई! गिर जाओगे, आराम से साइकिल चलाओ, भोजन तो किया है या नहीं?"

"अरे मेरे भाई, आज तो एकादस है, उपवास तो रखना ही चाहिए।"

"काहे का उपवास रखते हो? मैंने तुम्हें कभी उपवास रखते देखा नहीं। अब कौन-सा व्रत रखने की ज़रूरत पड़ी है?" एक साथ कई प्रश्न पूछ बैठा वह।

"साल में एक ही उपवास रखता हूँ। तुम चिन्ता मत करो, सब ठीक हो जायेगा।" कहते हुए बढ़ई चल पड़ा।

"शरीर में ख़ून भी नहीं और चले साहब उपवास रखने!" कहते हुए वह हँसने लगा।

घर की ओर निकले बढ़ई के मन में प्रश्नों की बौछार शुरू हो गयी। दूसरी ओर मुम्बई गये बेटे-बहू की याद आ गयी। रास्ते में ही किसी परिचित से मोबाइल लेकर नम्बर मिलाया तो बेटे ने भी उत्तर में इतना ही कहा, "मैं बढ़ईगिरी के बदले लेबर का काम कर रहा हूँ। कोई भी इंजीनियर बढ़ई का काम देने से पहले सर्टिफिकेट माँगते हैं पापा! तुमने मुझे मिडल के बाद पढ़ाया ही नहीं, पढ़ाते तो कम वेतन पर भी कहीं काम करता। आई.टी.आई. के बाद और भी कहीं नौकरी करता। आज भी मुझे तुम पर क्रोध आता है। माँ ने कितनी बार कहा था पर तुमने पढ़ाई की ज़रूरत नहीं समझी।"

बढ़ई को बेटे की बात बुरी नहीं लगी। उसमें सच्चाई थी। जवानी में वह अपनी पत्नी से कहा करता था, "अपने पास ही नौकरी है तो बेटे को पढ़ाने और नौकरी ढूँढ़ने की ज़रूरत क्यों पड़ती है?" जिसने बढ़ई को मोबाइल दिया था वह भी हँसते हुए चला गया। अपमानित होकर वह घर की ओर निकला।

पत्नी घर में ही थी, छोटे-मोटे काम करने हेतु गली-मुहल्लों के घर जाया करती थी। वहीं उन्होंने कुछ दिया होगा, खा लिया था इसलिए घर आकर

सुस्ता रही थी। पति को धीरे-धीरे आते देखकर पूछा, "क्या आज का दिन भी बेकार गया? कुछ काम नहीं मिला?"

"ऐसे कैसे हो सकता है भागवान! मैं बाज़ार जाऊँ और कोई मेरी कारीगरी देख सलाम न करे, ऐसे सम्भव ही नहीं।"

"फिर भी उदास चेहरा क्या कहना चाहता है? पत्नी हूँ, कोई और नहीं। अगर मैं न पहचानूँ तो कौन पहचानेगा तुझे?"

अपनी चोरी पकड़ी जाने पर बढ़िया ने कहा, "आज गाँव के लाला जी के यहाँ गया था। बस्स! उन्होंने मेरा काम देखा और ख़ुश होकर पेटभर खीर खिलाई है। जानती हो तुम?"

"वाह रे लाला जी के सगे भाई! लाले पड़ गये होंगे तभी लाला जी का नाम ले रहे हो। झूठ बोलने से बड़प्पन थोड़े ही मिलता है, कंजूस लाला जी ने गाँव के मेले में आयीं पुत्रियों के लिए मिठाई नहीं ख़रीदी, तुम्हें कहाँ से खीर खिलायेगा? डींगें हाँकना बन्द कर रोटी खा लेना। अभी राजश्री के यहाँ गयी थी। आठ मेहमान आये थे, कन्या देखने। सबके लिए खाना बनाया था, आज ख़ुशी से पोटली के साथ पाँच रुपये भी दिये हैं। खाना और रुपये रख लेना अपने पास।" बढ़िया की पूरी चोरी पकड़ी गयी थी। हकलाते-तुतलाते हुए पत्नी को ख़ुश कर लिटाया और स्वयं दो-चार मिनट के बाद भूखा ही लेट गया। नींद आयेगी तो कैसे? भूख भी थी और गोलियाँ भी नहीं ली थीं। थोड़ी देर बाद ही मानो उसे धरती घूमती हुई नज़र आयी। वह ठीक से बैठ नहीं पाया। बेचैनी बढ़ती रही, बैठे-बैठे काँपता रहा, चेहरा मुरझा रहा था। पत्नी की ओर देखते हुए उसे उठाने की सोच रहा था। पर नींद हराम नहीं होने दिया। बढ़िया को पत्नी की इच्छा पूर्ण न करने का दुख अवश्य हो रहा था। चार वर्ष पूर्व की बात उसे याद आती रही। उसने प्रेम से कहा था, "अरी ओ मेरी प्यारी! इस नवरात्र में तेरे लिए सोने का आभूषण लाऊँगा। इसमें न कोई मिलावट होगी न धोखाधड़ी।" चार साल पूर्ण होने जा रहे थे। पत्नी ने कई बार पूछा था, कभी प्रत्यक्ष तो कभी परोक्ष रूप में पूछा भी था। आजकल तो पूछना ही बन्द कर दिया था। वह जानती थी, पेट ही नहीं भरता हो तो सोना कहाँ से ख़रीदेगा। इसलिए चुप थी पर बढ़िया को बार-बार आभूषण की बात याद आती रही। इस वर्ष काफ़ी मेहनत करता रहा पर सोने का आभूषण तो दूर, चाँदी के आभूषण

ख़रीदने हेतु भी कुछ जुगाड़ नहीं पाया था। आज उसे पत्नी को दिया गया वादा याद आता रहा। चाहकर भी वह पत्नी को उठा नहीं पाया। जी भर उसे देखता रहा, देखता रहा। फिर आभूषण की याद आती रही उसे। अचानक पत्नी उठ गयी। उसकी आँखों से बहने वाले आँसू ने पत्नी को उठाया था। उठते ही उसने देखा कि पति पसीना-पसीना हो गया है, घबरा गयी।

"क्या हुआ है, तबीयत तो ठीक है न तुम्हारी?"

"या तो कल्पेश को गाँव बुलाना या तू उसके पास जाना प्यारी! मेरा जाने का समय आ गया है।"

"यह क्या बात कर रहे हो, तुम्हें कुछ नहीं होगा, तुम्हें कुछ नहीं होगा।" कहते हुए वह तुरन्त उठी और एक नीबू ढूँढ़कर ले आयी और पति पर से उतार कर बाहर फेंक दिया।

"अब कुछ फ़ायदा नहीं होगा। मुझे माफ़ कर दे प्यारी! मैं सोने का आभूषण नहीं ला पाया। इस जन्म में न सही अगले जन्म में क्यों न हो वादा पूरा...करूँगा। किसी से मत कहना कि तेरा पति...भूख से मर गया है। ये भी मत कहना कि बीपी-शुगर की गोलियाँ भी नहीं ले पाया...कई दिनों से..." वह ठीक से बोल नहीं पा रहा था।

"क्या कहा तुमने, गोलियाँ भी नहीं लीं? हे भगवान! बचा लेना मेरे सुहाग को। रक्षा करो भगवान!" कहते हुए पति को गले लगाया। बढ़िया के मुँह से झाग निकल रहा था और शरीर से पसीना। वह ज़मीन पर गिर गया। पत्नी का हाथ अपने हाथ में लेना चाहा पर उतनी भी ताक़त नहीं थी। पत्नी चिल्लाती रही, चिल्लाती रही तो दस-पन्द्रह पड़ोसी जमा हो गये। सभी ने अस्पताल ले जाने का निर्णय लिया, गाँववालों की कार बुलाई पर तब तक काफ़ी समय हो चुका था। बढ़िया की आँखें आसमान देख रही थीं। वह बुदबुदा रहा था, "एकादस...उपवास है...एकादस...उप..." शब्द पूरा नहीं कर पाया। शरीर अचेत हो गया था, बढ़िया को भटकने से आज़ादी मिल गयी थी। दूसरे दिन अख़बार में छपा : "अठहत्तर वर्षीय बूढ़े का अनोखा उपवास! पानी की बूँद भी नहीं ली। बूढ़े ने मरते हुए कहा–प्राण जाये पर उपवास न जाये!"

अम्मा

"अरे पगली है, छोड़ दो, चलो अपने रास्ते से, अपने काम के लिए। भूख लगने पर ख़ुद उतर आयेगी नीचे!"

"अरी ओ बुढ़िया! चिल्ला क्या रही है तू, नीचे उतर, क्या आवाज़ सुनाई नहीं देती है?"

"राजा रानी छत्रपति, हाथिन के असवार।
मरना सबको एक दिन अपनी-अपनी बार।।"

"माटी कहे कुम्हार से तू क्या रौंदे मोय,
एक दिन ऐसा आयेगा..." बुढ़िया कह रही थी।

नीचे लोग जमा हो रहे थे, लोगों की भीड़ बढ़ती गयी। देखते-देखते नागरिकों ने मोबाइल से फ़ोटो खींचना, वीडियो शूटिंग करना शुरू किया। बुढ़िया पानी की टंकी पर खड़ी-खड़ी नीचे की भीड़ देख रही थी। पाँच से अधिक लोगों का इकट्ठे आना, रास्ते पर भीड़ करना मना था। यहाँ तक कि बाइक पर डबल सीट जाने वालों से जुर्माना वसूल किया जा रहा था। हाँ, यदि कोई किसी मरीज़ को अस्पताल ले जा रहा हो तो पूछताछ के बाद छोड़ दिया जाता। देखते-देखते भीड़ बढ़ती गयी। पानी की टंकी के पास ही सब्ज़ी मण्डी होने के कारण सब्ज़ी ख़रीदने के लिए आये लोगों ने बुढ़िया का तमाशा देखना शुरू किया। सुबह ग्यारह बजे तक कर्फ़्यू में ढील दी गयी थी। ग्यारह के बाद पुलिस की कड़ी कार्यवाही शुरू होती, जो भी रास्ते पर दिखता पुलिस का प्रसाद लेते हुए घर जाता।

बढ़ती भीड़ को देखते हुए बुढ़िया ने ऊपर से चिल्लाना शुरू किया। "अरे ओ गाड़ी वाले! तू सोचता होगा, तेरे पास पैसा बहुत है। पर पैसे से तू आदमी

कमा नहीं सकता। रिश्ते निभा नहीं सकता! तू जानता है, आज पाँच-दस लाख रुपये अस्पताल में ख़र्च करने पर भी कोरोना निगल रहा है। बोल, तेरा पैसा किस काम का है! तू पैसे से ऊब गया है न...बता तेरे लिए क्या अहं है?" नीचे खड़े लोगों ने कई गाड़ी वालों की ओर देखना शुरू किया।

"अरे भाई, वह तुम्हारी माँ तो नहीं है न!...नीचे उतरने के लिए कहना उसे।"

"नहीं, मेरी माँ तो दस वर्ष पहले लम्बी बीमारी से चल बसी है।"

"मेरी माँ तो बहन के पास रहती है।" बोलते हुए कोई संकोच कर रहा था।

"सॉरी, मेरी माँ...वृद्धाश्रम में रहती है।"

"फिर किसकी माँ है। दूसरा गाड़ी वाला कौन हो सकता है?"

"वह देखो, कार में बैठा व्यक्ति उसी की ओर अपलक देख रहा है कब से। शायद उसी की माँ हो सकती है।...अरे ओ भाई! ज़रा उस कार वाले को आवाज़ देना, नीचे उतरने और अपनी माँ या जो भी रिश्तेदार हो उसे बचाने के लिए कहना।"

"लेकिन उतनी दूर से वह नीचे वालों को कैसे पहचानती है?"

भीड़ में लोगों की बातचीत चल रही थी। उधर पानी की टंकी पर चढ़ी बुढ़िया का चिल्लाना जारी था। लोगों की कानाफ़ूसी, वीडियो शूटिंग जारी थी कि अचानक ऊपर से सिक्के बरसना शुरू हुआ। वह बुढ़िया मुट्ठी भर खुले पैसे नीचे फेंक रही थी। दो-तीन लोग कार में बैठकर बुढ़िया की ओर अपलक देख रहे व्यक्ति के पास गये। यदि रिश्तेदार हो तो पहचानते हुए बुढ़िया को बचाने की बात कही गयी। बाद में पता चला कि कार में बैठा व्यक्ति बहरा है। अब तक के शोर-शराबे से वह अनभिज्ञ था। उसके ड्राइवर ने सब कुछ बताया...कार का व्यक्ति सर्राफा और मनीलैंडर है, परन्तु बहरा है। उसका श्रवण यन्त्र ख़राब हुआ था। कान के स्पेशलिस्ट के पास जा रहा है। रास्ते में ही मण्डी होने की वजह से ड्राइवर सब्ज़ी ख़रीद रहा था। ग्यारह के बाद तो सब्ज़ी बेचना भी मना है। पर ड्राइवर ने स्पष्ट बताया कि पानी की टंकी पर चढ़ी बुढ़िया मालिक की माँ नहीं है, क्योंकि उनकी माँ पिछले महीने ही हार्ट अटैक से परलोक सिधार गयी है। वह कोरोना पॉजिटिव पायी थी। लगभग दस-बारह लाख रुपये ख़र्च किये थे, गाँव से शहर के अस्पताल में शिफ्ट किया था। रेमडेसिविर के लिए रुपये लेकर दर-दर भटकते थे पर इंजेक्शन

नहीं मिला था। आख़िर बचपन के ग़रीब साथी की क़स्बे वाली मेडिकल दुकान में इंजेक्शन मिला था। दुकानदार ने दोस्ती निभाई थी, इंजेक्शन के रुपये भी नहीं लिए थे। थोड़े दिनों के लिए वह जीवित रही, कोरोना मुक्त भी हुई थी परन्तु हार्टअटैक से परलोक सिधार गयी थी।

फिर पानी की टंकी पर चढ़ी बुढ़िया कौन हो सकती है, इसकी चर्चा चल रही थी कि पुलिस वालों को फ़ोन किया किसी ने। सुबह के दस बज गये थे। बुढ़िया का चिल्लाना कम नहीं हुआ। उसने पानी की टंकी से खुले सिक्के फेंकना शुरू किया, पहले खुले सिक्के फेंके, उसके बाद पाँच-दस रुपये के नोट हवा में उड़ा दिये। नीचे खड़े लोग दर्शकों की भूमिका निभा रहे थे। बुढ़िया की चीख़ बढ़ती रही, "मुझे तुम्हारे रुपये की आवश्यकता नहीं, बहुत घमण्ड है न पैसे का, ये ले रुपये, रखना अपनी अलमारी में, अपने बैंक में। मुझे इसकी ज़रूरत नहीं। ज़िन्दगी में ये काग़ज़ ही सब कुछ नहीं हैं। काग़ज़ काम के होते तो व्यापारी रात घर नहीं लौटते, लोग काग़ज़ को ही खाते। जानता है तू, इन काग़ज़ों से रिश्ते बड़े होते हैं, नहीं निभाता रिश्ता तू, मैं ज़िन्दा रहकर तो क्या करूँ। ये ले मैं अभी छलाँग लगाती हूँ और मिटाती हूँ अपने आप को।"

तभी अचानक पीछे से आवाज़ आयी, "अरी ओ अम्मा! रुपये नीचे मत फेंकना! ये लुटेरे रुपये लेकर फुर्र हो जायेंगे। मैंने कल से कुछ खाया नहीं, मुझे देना। काम से निकालने के कारण घर चलाना मुश्किल हो रहा है। मैं हट्टा-कट्टा हूँ पर मुझे वॉचमैन काम से हटाया गया है। प्लीज़ अम्मा, रुपये नीचे मत फेंकना और न ही छलाँग लगाना। मुझे बचाओ अम्मा! प्लीज़ मुझे बचाओ!" हट्टे-कट्टे व्यक्ति की आवाज़ से लोग दंग रह गये। शरीर से तो हट्टा-कट्टा था, बिखरे बाल, तन पर मात्र एक बनियान और बरमूडा पहने याचना कर रहा था। बुढ़िया ने ऊपर से सिक्के फेंकते हुए देखा था, कई लोग बिखरे हुए नोट इकट्ठा कर रहे थे। नीचे से आवाज़ देने वाले व्यक्ति पर दया आयी और उसे ऊपर बुलाया। वह फटाफट सीढ़ियाँ चढ़ते हुए पानी की टंकी पर चढ़ गया। गिड़गिड़ाते हुए बुढ़िया से कहा, "अम्मा! मुझ पर दया करना। कोरोना ने मुझे कंगाल बनाया है। मैं वॉचमैन का काम करता था। कम्पनी के मालिक ने पिछले वर्ष लॉकडाउन में काम से निकाल दिया है। थोड़ी पूँजी थी, उसी से दो-चार महीने घर चलाया। उसके बाद..." कहते हुए उसका गला रुँध गया।

बुढ़िया के दोनों हाथ अपने हाथ में लेते हुए आगे कहता रहा, "तुझ जैसी अम्मा, बिल्कुल तुझ जैसी ही मेरी माँ...पिछले महीने में कोरोना के कारण चली गयी। मैंने गाँव की ज़मीन बेची, अस्पताल में चार-पाँच लाख रुपये ख़र्च किये, पर माँ की लाश तक घर नहीं ले जा सका। बॉडी पैक कर दी गयी, अस्पताल से सीधा श्मशान भूमि ले गये। आज मेरी माँ हुई होती तो मेरे ऐसे दिन आये न होते। मेरे लिए माँ प्रेरणा ही थी। ग़रीबी में माँ ने मुझे स्वाभिमान सिखाया, ईमानदारी सिखाई। बचपन में ही पिता चल बसे हैं। माँ ने हिम्मत न हार चार भाई-बहनों को पढ़ाया। एक इंजीनियर बना है, पुणे में काम करता है, दूसरा बैंक में नौकरी करता है, बहन तो ससुराल में प्राइमरी टीचर है।"

"फिर तू वॉचमैन कैसे बना? क्या माँ ने तुझे नहीं पढ़ाया?"

"अम्मा! माँ ने मुझे कई बार शिक्षा का महत्त्व समझाया, पर दंगल में कुश्ती लड़ने की आदत ने मुझे स्कूल से छुटकारा दिया। मेले में दंगल का आयोजन किया जाता तो मैं कुश्ती लड़ने जाता। माँ मेरे लिए पिता बनकर साथ देती। स्वयं दंगल के पास खड़े होकर मुझे कुश्ती लड़ने के लिए प्रेरित करती। पर आज मैं तुझ जैसी माँ को खोकर..." आगे बोल नहीं पाया। बुढ़िया को उस पर दया आयी और पोटली उसके हाथ में देते हुए बोलने लगी–"चिन्ता मत कर, मैंने जीवन में उतार-चढ़ाव बहुत देखे हैं। ज़िन्दगी में रुपये-पैसा, सोना-चाँदी ही सब कुछ नहीं। मानवीय मूल्य, ख़ून के रिश्ते भी महत्त्वपूर्ण होते हैं। मेरे भी दो बेटे थे, जिन्हें मैंने पढ़ाया-बढ़ाया पर आज मैं अकेली दर-दर भटक रही हूँ।"

"दो बेटे थे, पर क्या आज वे इस दुनिया में नहीं हैं?"

"हैं दुनिया में, पर मेरे लिए मर चुके हैं। घरवाले ने उनकी शिक्षा के लिए घर के गहने बेचे। एक सिविल इंजीनियर बना तो दूसरा आर्किटेक्चर बना। डेरी का व्यवसाय था, आय अच्छी थी। दोनों के कहने पर डेयरी व्यवसाय बन्द किया। दोनों की कमाई अच्छी थी। पर शादी होते ही मुकर गये। बहुएँ अपना-अपना स्वार्थ देखती रहीं। मायके वालों की ख़ातिरदारी अच्छी होती, हम दोनों बेकार लगने लगे। दो वक़्त की रोटी के लिए चार बार हाथ जोड़ने पड़ते, तब कहीं सूखी रोटी मिलती। बूढ़ा तो चिन्ता में चला गया और मैं उन्हें निकम्मा लगती रही। सोचा कि घर में हाथ जोड़ने से अच्छा है कि शहर जाकर काम करूँ। शुरू में होटल में बर्तन माँजती रही। मालिक ने छोटा कमरा दिया था। बस दो-तीन घण्टे बर्तन माँजती और दो वक़्त गरम भोजन करती

रही। कुछ कम नहीं था खाने-पीने में। लेकिन कोरोना ने जीना हराम किया है। लॉकडाउन के कारण होटल बन्द हुआ। रेलवे स्टेशन के सामने ही होटल होने से दिन-रात भीड़ होती पर ट्रेनें बन्द करने से सभी को काम से निकाला गया है। फिर भी आठ-दस दिन होटल के कमरे में रही। हाँ, सभी कारीगर साथ में थे। कोई 'माई' कहता, कोई 'चाची' कहता तो कोई 'बुढ़िया' या 'दादी' कहता। मालिक अनिश्चित काल के लिए रेलवे बन्द होने के कारण होटल व्यवसाय बन्द कर अब गाँव में खेती कर रहे हैं। तब से जीने की उम्मीद बनाये रखते हुए मैं चौराहे पर भीख माँगती रही। मेडिकल दुकान के सामने ही बैठती, कोई रुपया देता, कोई दो रुपये तो कोई गाली देते चला जाता। वहीं बैठकर भीख माँगती, रात बारह बजे दुकान बन्द होने पर वहीं सोती। सुबह सात बजे दुकान खोलने से पहले झाड़ू-पोछा करती।

एक दिन उसी चौराहे से गुज़रते हुए बड़े बेटे ने मुझे देखा। कार से जा रहा था। साथ में बहू भी थी। मुझे देखते ही शीशा ऊपर चढ़ाया और चले गये। मैं दौड़ती गयी, दौड़ती गयी; पता नहीं वह ताक़त कहाँ से आयी थी। परन्तु कार तेज़ चली गयी और मैं वहीं औंधे मुँह गिर पड़ी। सामने वाले दो दाँत टूट गये, पैर में मोच आयी। दो-चार दिन बाद ठीक हुई। मेडिकल दुकान वाले का बड़ा उपकार है। मैंने दुनिया देखी है। दुकान के सामने हमेशा भीड़ रहती है। किसी की पत्नी बीमार है, किसी के भाई, किसी का साला, किसी के माँ-बाप। दवाई के लिए मेडिकल में भीड़-ही-भीड़। कोरोना ने परेशान किया है सबको। एक-एक इंजेक्शन लेने के लिए घण्टे-दो घण्टे क़तार में खड़े होते हैं। मालिक अच्छा है, लूटता नहीं। ब्लैक में भी रामडिसार इंजेक्शन नहीं बेचता। कहते हैं कि इंजेक्शन से साँस लेने में तकलीफ़ नहीं होती। 'रेमडेसिविर' का उच्चारण रामडिसार के रूप में कर रही थी।

अपने हाथ की पोटली युवक के हाथ में देते हुए बुढ़िया कहती जा रही थी, "ये ले बेटा! तूने मुझे अम्मा कहा, मानो मेरा मातृत्व फिर से उमड़ आया। ये रुपये लेना और अपना गुज़ारा करना। रुपये लेकर मैं क्या करूँ और अब तो जीना भी नहीं है मुझे!"

"लेकिन अम्मा, मैं तुझे इधर ही छोड़कर नीचे जाऊँ तो क्या मेरी माँ मुझे शाप नहीं देगी? क्या उसकी आत्मा तृप्त होगी? एक माँ का हृदय अपने बेटे

के लिए बहुत कुछ होता है। सन्तान बुरी हो सकती है लेकिन माँ बुरी नहीं हो सकती। तुझे खोकर मैं माँ को कहाँ देखूँ? क्या ईश्वर मुझे माफ़ करेंगे?" कहते हुए बुढ़िया के हाथ पकड़कर नीचे उतर रहा था कि नीचे सायरन बजने लगा, रेस्क्यू टीम थी, देखते-देखते टीम के कर्मचारी रस्सी लेकर पानी की टंकी पर चढ़ने लगे। सामने देखते ही दंग रह गये, पर युवक के इशारे के कारण ख़ामोश रहे। बुढ़िया को सफलता से नीचे उतारा गया। नीचे टीम के ऑफ़िसर थे, बुढ़िया के पीछे युवक को देखते ही सैल्यूट मारते हुए कर्मचारी ने कहा, "जय हिन्द सर! सॉरी सर, आप इस अवस्था में..."

"अरे भाई, यह बाद में बताऊँगा, पहले इसकी व्यवस्था करता हूँ।"

"मोहन, देखते क्या हो, पकड़ लो बुढ़िया को, बिठाना गाड़ी में। घण्टा हो गया, इसका नाटक शुरू है। मण्डी का रास्ता भी जाम हो गया है। ले चलो इसे पुलिस स्टेशन!"

"मोहन, तुम छोड़ दो इसे। यह पुलिस स्टेशन नहीं हमारे घर चलेगी!" कहते हुए बरमूडा और बनियान वाला युवक वर्दी पहनता रहा। लोगों में कानाफ़ूसी शुरू हो गयी तो युवक ने कहा, "मैं कोई लफंगा नहीं हूँ और वॉचमैन भी नहीं हूँ। इसे बचाने के लिए रेस्क्यू कर्मचारी के आने तक बातों में उलझाये रखना आवश्यक था। ड्यूटी से अभी घर लौट रहा था तो लोगों को चीख़ते हुए देखा, कोई वीडियो शूटिंग करने में तो कोई फ़ोटो खींचने में व्यस्त थे। सोचा, बुढ़िया को बचाने के लिए कोई बहाना करूँ। अपने विभाग में एक फ़ोन किया। ख़ाकी वर्दी उतारकर बनियान फाड़कर यह स्वाँग करना पड़ा। कभी-कभी किसी की जान बचाने के लिए झूठ बोलना पड़ता है। झूठ बोलकर गाय के प्राण बचाने की कहानी तो आपने सुनी होगी। वास्तव में मेरी माँ की मृत्यु कोरोना से हुई है। वह एक अस्पताल में नर्स थी। कोरोना मरीज़ों की सेवा करते-करते अपना जीवन समर्पित किया है। आज मैं इस वृद्धा में अपनी माँ को देख रहा हूँ। इसकी रक्षा करना हम सबका कर्तव्य है। आप सभी खड़े-खड़े देख रहे थे, पर मैंने अपना कर्तव्य निभाने के लिए ऐसे किया। बाक़ी सब तो आप जानते हो!" बुढ़िया ने सब समझ लिया था।

लोगों ने इंस्पेक्टर की प्रशंसा की और गाड़ी पर सवार अम्मा इंस्पेक्टर के घर की ओर चल पड़ी! दोनों की आँखों में ख़ुशी नज़र आ रही थी।

अभिमान के आँसू

"पता नहीं किसकी नज़र लग गयी है, बुरी नज़र वालों के कारण बेचारों का ऐसा हुआ।"

"शादी के अभी तीन साल भी पूरे नहीं हुए हैं।"

"मुझे तो यह बात सच ही नहीं लगती।"

"यह कलयुग है भैया!"

"सच नहीं तो क्या, अब तो मानना ही पड़ेगा!"

"तो क्या कोई ऐसा करते हैं?"

अपार्टमेंट में उन दोनों के बारे में यही चर्चा चल रही थी। चर्चा तो करेंगे ही, मामला ही वैसा था। घर में बुढ़िया ने समझाया पर किसी ने बात नहीं मानी। इसलिए आख़िर अंजना मायके चली गयी थी, एक वर्ष के बेटे को भी अपने साथ लेकर!

शेखर उस शहर में बारह वर्ष पहले आया था। परिश्रमी, ईमानदार और बुद्धिमानी शेखर आई.टी.आई. उत्तीर्ण करने के बाद किसी दुकान में नौकरी करता रहा। मेहनती था इसीलिए पिता की मृत्यु के बाद दसवीं से ही चौपाटी के ठेले पर शाम चार घण्टे काम करता रहा। अच्छे अंक प्राप्त किये थे, लेकिन साइंस में प्रवेश लेने के बदले आई.टी.आई. करना तय किया था। तब भी चौपाटी पर जाता रहा, पर आई.टी.आई. उत्तीर्ण होने के बाद किसी मारवाड़ी की होलसेल दुकान में काम करता रहा। दुकान के साथ घर के भी सारे काम करता। मालिक कितना भी ज़्यादा काम दे, ईमानदारी से करता। कभी शिकायत नहीं की। अतः मालिक ने अपने ही अपार्टमेंट में वॉचमेन के कमरे में रहने के लिए जगह दी थी। परिश्रम कभी व्यर्थ नहीं जाता, यदि ईमानदारी

साथ में हो तो! इसी परिश्रम तथा ईमानदारी के कारण मालिक ने ही ख़ुद उसे भी व्यवसाय करने के लिए कहा था। भारत सरकार की किसी योजना के तहत लोन लेकर इलेक्ट्रॉनिक्स व्यवसाय ही शुरू किया था। उसे मारवाड़ी मालिक ने व्यवसाय में निपुण बनाया था। शहर का विकास हो रहा था, पर नयी बस्ती में इलेक्ट्रॉनिक दुकान नहीं थी। पहले अपनी योग्यता के अनुसार छोटी दुकान शुरू की थी। "एक बार किसी व्यवसाय को चुन ले तो तुरन्त व्यवसाय बदलना, हानि का विचार करना उचित नहीं है। चाहे कोई व्यवसाय हो या राजनीति; उसमें हमेशा सक्रिय रहना आवश्यक है, शुरुआत में असफलता ही क्यों न मिले। अब्राहिम लिंकन को आसानी से सफलता नहीं मिली। भले ही तुम्हारा नाम अब्राहिम लिंकन नहीं फिर भी शेखर का अर्थ भी सबसे श्रेष्ठ या उत्तम व्यक्ति होना है। किसी मुकुट की भाँति तुम्हें नाम सार्थक करना है।"... मारवाड़ी मालिक के विचार उसके लिए प्रेरणादायी थे इसीलिए दोपहर में भी दुकान कभी बन्द नहीं करता। अनुभव, परिश्रम, लगन तथा ईमानदारी वृत्ति के कारण व्यवसाय बढ़ता गया था।

मारवाड़ी सेठ बड़े डीलर थे, वे अधिकाधिक माल शेखर को दिया करते थे। शहर में बढ़ रही बस्ती के परिचितों को शेखर की दुकान से माल ख़रीदने के लिए कहते। अन्धा चाहे एक आँख और भगवान दे दो-दो आँखों वाली बात हुई थी। उसने तो मारवाड़ी सेठ के यहाँ नौकरी करते हुए ज़िन्दगी बिताना चाहा था और मालिक ने तो उसकी ज़िन्दगी ही बनायी थी। शेखर ने भी गाँव से बहन रम्या और विधवा माँ को अपने पास बुलवा लिया। विधवा माँ ने दूसरों के घर में झाड़ू-पोछा करते हुए शेखर तथा रम्या को पढ़ाया था। शेखर ने बहन की शादी धूमधाम से की।...अब बुढ़िया की चिन्ता का एक ही कारण था शेखर का विवाह। शहर में तो ख़ुद का घर भी नहीं था, दुकान भी किराये से ली थी, कौन ब्याह करेगी! तब मारवाड़ी सेठ ने अपने ही अपार्टमेंट के एक परिवार के घर छोड़कर जाने के बाद वन बी.एच.के. फ़्लैट दिया था। वॉचमैन के कमरे से शिफ्ट होकर वन बी.एच.के. का मालिक बना था शेखर...पर फ़्लैट के पूरे रुपये नहीं दिये थे। उसे रह-रहकर अपना अतीत याद आता रहा ...चौपाटी के ठेले पर काम करने वाला लड़का एक दुकान का मालिक बन गया था और अपार्टमेंट में सबका लाड़ला भी! शादी की बात चली तो शेखर

टालता रहा, आख़िर पाँच महीने बाद हामी भरने पर बुढ़िया ने बहू की खोज शुरू की। शेखर का कुछ अलग ही विचार था। वह सोचता..."सभी ने रूप रंग के साथ सम्पन्न घर की युवतियों को पसन्द करना शुरू किया तो क्या ग़रीब घर की युवती के लिए रूप और रंग शाप साबित नहीं होंगे! आख़िर क्या पाप किया होगा ग़रीब पिता ने जिसकी सुन्दर कन्या कुँवारी रहती है।" उसी सोच ने अंजना को शेखर का जीवन साथी बनाया था!

अंजना न रूप में कम थी, न ज्ञान में और न ही परिश्रम में पीछे रहती थी। सुबह दो-चार घरों में काम कर पढ़ाई करती रही, बी.कॉम. उत्तीर्ण थी। उसके पिता ट्रक ड्राइवर थे, सप्ताह में दो ही दिन गाँव में रहते। माँ अपनी बेटी को सीने से लगाकर सोती थी, बाप का होना सबसे बड़ा सहारा होता है और वह नौकरी के लिए परदेश जाये तो माँ की कितनी ज़िम्मेदारी बढ़ जाती है यह दूसरा कैसे जाने। अंजना को ग़रीब पिता की बेटी होने का गर्व था। यद्यपि पिता ड्राइवर था फिर भी अपने मालिक को कभी नहीं फँसाया था। ट्रैवल्स के अन्य ड्राइवर बार-बार झगड़ा करते, पर अंजना के पिता शान्त रहते। पिता की ईमानदारी को वह अपनी दौलत मानती। उसका ड्राइवर होने और किसानों की फ़सल का परिवहन करने में अभिमान मानती थी। देश का अन्नदाता तो किसान है, उसकी फ़सल का परिवहन करना पुण्य का काम है। ग़रीबी में भी ऐसा स्वाभिमान होना संस्कार का द्योतक है वरना ग़रीबी से आहत होकर बदचलन के उदाहरण क्या कम मिलते हैं!

शेखर भी अंजना के साथ ख़ुश था। दोपहर दो-तीन घण्टे वह दुकान में आकर बैठती तो शेखर को आधार मिलता। कभी बिलिंग का काम करती थी तो कभी कैश काउंटर सँभालती, तो कभी-कभी माल आने पर बिल के अनुसार टैली भी करती थी। शून्य से अपना विश्व निर्माण करने वाले व्यक्ति को और क्या चाहिए! वह सोचता...पति-पत्नी का रिश्ता संसार का सर्वश्रेष्ठ रिश्ता है, जो प्यार और विश्वास से बनता है। यदि कोई पति-पत्नी एक-दूसरे पर विश्वास रखते हो और दोनों एक-दूसरे से जी-जान से प्यार करते हो तो जीवन सफल बनता है। इसी सफलता का फल घर में बच्चे का किलकारी भरना है। शेखर की माँ भी ख़ुश थी। व्यवसाय में मेहनत, ग्राहकों के साथ आत्मीयता के कारण दिन दूनी रात चौगुनी तरक्की करते हुए माँ के लिए अँगूठी, पत्नी के लिए कंगन ख़रीदे थे।...

बस उन्हीं ज़ेवरों ने बखेड़ा खड़ा कर दिया था और अपार्टमेंट के लोगों को अनर्गल बातों का अवसर दिया था।...तीन ही साल हुए थे शादी के पर अचानक एक दिन हंगामा शुरू हुआ था।

"शेखर, यहाँ के कंगन आख़िर गये कहाँ?"

"अंजना, कंगन कहीं गये नहीं। वो मैंने ही रखे हैं।"

"कहाँ रखे हैं?"

"..."

"बोलते क्यों नहीं हो? मैं पूछती हूँ कंगन कहाँ हैं? क्या मैं त्योहार में इतना भी नहीं पहन सकती थी, इतना भी मेरा अधिकार नहीं था?"

"अंजू, मेरी बात समझने की कोशिश कर।"

"मैं आपकी ही बात समझना चाहती हूँ, मुझे बताओ कंगन कहाँ हैं?"

"बैंक लॉकर में!" शेखर ने तपाक से कहा।

अंजना को बैंक खाता मालूम था। उसने तुरन्त बैंक जाना उचित नहीं समझा और न ही लॉकर की चाबी के बारे में पूछताछ करना उचित समझा। शेखर भी नाश्ता कर दुकान चला गया। देर हो गयी थी, सुबह के ग्यारह बज गये थे। दिन भर दुकान में भी मन नहीं लगा। बार-बार उसका मन उसे कोस रहा था। वह अंजना के स्वाभिमान को जानता था, पर स्वाभिमान को चोट पहुँचाना भी नहीं चाहता था। रोज़ की तरह अंजना ही खाना ले आयी थी। शेखर अंजना से मुँह छिपाना चाह रहा था। वैसे तो सास-बहू के सम्बन्ध भी अच्छे थे। उसे पति पर विश्वास इसलिए हुआ था क्योंकि डिबिया से सास की अँगूठी भी ग़ायब थी। सास की अँगूठी का भी ग़ायब होना घर में शान्ति बनाये रखने का परिचय था! शेखर सोचता रहा–"सोने जैसा परिवार महत्त्वपूर्ण है या परिवार में सोना महत्त्वपूर्ण है! औरतों को आख़िर चाहिए क्या, साल में दो साड़ी, ज़्यादा-से-ज़्यादा एकाध तोला सोना। फिर भी बाहर घूमते समय नकली आभूषणों का बोझा ही होता है शरीर पर! भगवान! तुम भी अजब खेल खेलते हो! घर में हमेशा ड्रेस, बाहर जाते समय भी ड्रेस, फिर भी महँगी साड़ी क्यों? इससे अच्छा होता कि साल में एकाध बार पहनने के लिए सुन्दर और मनपसन्द साड़ी किराये से लाये ताकि घर में अनावश्यक साड़ियों का ढेर ना हो! "घर से सोने के ग़ायब होने के साथ-साथ एक दिन शेखर भी घर से

ग़ायब था। दूसरे दिन सुबह आया तो सहमा-सहमा लग रहा था। पूछने पर मित्र के बीमार पड़ने और अस्पताल में रात काटने की बात कही। फिर भी अंजना का सन्देह बढ़ता जा रहा था और उसी का परिणाम रहा कि वह बैंक चली गयी और लॉकर के बारे में जानकारी ली। उसे पति का रंगा सियार होना पता चला। सीधे दुकान चली गयी अपने छोटे बच्चे के साथ और शेखर से सोने के साथ-साथ रात ग़ायब होने के बारे में पूछ लिया। शेखर से समाधान न होने के कारण उसका नारी का स्वाभिमान जाग उठा और बच्चे के साथ सीधे गाँव चली गयी...अपने मायके!

घर में बर्तन माँजती माँ अचानक दरवाज़े पर बेटी को देखते ही घबरा गयी। आख़िर क्या हुआ कि बेटी घर आयी और हाथ में बैग भी नहीं।

"अरी अंजू! क्या हुआ, अचानक अकेले आ गयी?"

"कुछ नहीं माँ, बस तेरी याद आयी और मैं इसे साथ ले आयी।"

"लेकिन तू इस तरह अकेली...और साथ में बैग वग़ैरह कुछ नहीं। घर में सब ठीक तो है ना?"

"हाँ माँ! पहले मुझे भीतर तो आने दो। वहाँ सब कुशल मंगल है।" बेटी का उपहास में कहना माँ समझ नहीं पायी।

अंजना अपने बच्चे के साथ मायके तो गयी थी हंगामा करके, पर माँ और बेटी दोनों कुछ छुपाती नज़र आयी। यहाँ तक कि गली के कोई मिलने आते तो अंजना से हँसते हुए बात करते और उसकी माँ से इशारे से ही बातें होतीं। अंजना भी अपने आप को छुपाना चाहती थी, झूठी हँसी लाकर पति और सास की कुशलता की बात करती। माँ भी सुबह काम करने जाती तो दोपहर एक के बदले शाम छह बजे लौटती, पूछने पर खेत में अधिक काम होने का उत्तर मिलता। पाँच-छह दिन बाद काम से लौटने पर अंजना ने माँ के चेहरे पर थकान, चिन्ता देखी थी। फिर भी माँ ने कुछ कहा नहीं। अंजना के पूछने पर पति के लम्बे सफ़र का कारण बताया था। अंजना कुछ समझ नहीं पा रही थी। दोनों ने रात कुछ रूखा-सूखा ही खा लिया था। छोटा बालक रोता तो उसे कुछ खिलाया जाता और सुलाया जाता। उस समय देर रात बालक को दूध पिलाकर अंजना स्वयं सो ही रही थी कि माँ जाग उठी। अंजना ने कुछ पूछा नहीं। वह तो बस चद्दर ओढ़कर सोने का बहाना करती रही। माँ देर रात

तक सन्दूक खोलकर रुपये गिनती नज़र आयी। अंजना ने उठकर कुछ पूछना उचित नहीं माना था।

देर रात तक अंजना के मन में कई विचार आते रहें...पिता के सप्ताह के बाद भी घर न लौट आने का कारण क्या हो सकता है, आख़िर माँ इतनी देर रात तक इतने रुपये क्यों गिनती रही, माँ के पास इतने रुपये कहाँ से आये, इतने रुपये आने का कारण क्या हो सकता है, काम से देर से लौटना और चेहरे पर थकान और चिन्ता होने का कारण क्या हो सकता है, माँ ने कहीं ग़लत...! नहीं नहीं, ऐसा नहीं हो सकता। तो फिर माँ के चोरी-चोरी छुपके-छुपके इतने सारे रुपये गिनने का कारण क्या हो सकता है...सोचते-सोचते कब सो गयी पता भी नहीं चला। सुबह उसके उठने से पहले ही माँ काम पर चली गयी थी। पर न ही चूल्हा जलाया था और न ही रोटी सेंकी थी। तो फिर क्या माँ ने कलेवा भी नहीं किया था? शायद पहली बार ऐसा हुआ होगा कि माँ ने अपनी लाड़ली के लिए कुछ बनाया न हो। कई प्रश्न उसे कुरेदते रहें, पर उत्तर मौन ही था!

स्नानादि के बाद अंजना ने नाश्ता किया, अपने साथ माँ और अपने छोटे बच्चे के लिए रसोई बनायी। दोपहर दो बजे तक माँ की राह देखी, पर उसके न लौटने पर घर का दरवाज़ा बन्द कर सन्दूक खोलने लगी। सन्दूक खुलते ही दंग रह गयी, देर रात माँ द्वारा गिने हुए नोट कहाँ ग़ायब हुए! क्या वह नोट के बदले कुछ और गिन रही थी? सन्दूक में दूसरे काग़ज़ भी नहीं थे जो गिने जा सके। वह सन्दूक टटोलती रही पर हाथ कुछ नहीं लगा। 'आख़िर चल क्या रहा है घर में' सोचते हुए घर के बाहर आ गयी। न ही माँ खुलकर बात करती और न ही उसके पड़ोसी कुछ बोलते। अंजना को देखते ही पड़ोसियों का चर्चा का विषय भी बदल जाता था। उल्टे पैर घर में लौटकर उसने शेष सन्दूक देखना तय किया। पहले सन्दूक में तो कुछ नहीं मिला, पर नीचे वाले सन्दूक खोलते ही उसका ख़ून सूख गया। कैंसर हॉस्पिटल की फ़ाइल देखते ही घबरा गयी। फ़ाइल पर पिता का नाम लिखा हुआ था। कैंसर फ़र्स्ट स्टेज में! फफकती रही अंजना। अब उसके पैर एक मिनट भी घर में रुकने के लिए तैयार नहीं थे। उसने तुरन्त कुछ खा लिया और बच्चे को साथ में लेकर अस्पताल चली गयी। इतना सबकुछ छुपाने के लिए ग़ुस्सा था। अस्पताल के

गेट पर ही माँ को देखकर उसका ग़ुस्सा गायब हुआ, माँ और बेटी दोनों गले मिलकर रोती रहीं। अंजना ने इतना सबकुछ छुपाने के लिए माँ को बहुत कुछ कहना चाहा, पर पहले पिता को देखने की इच्छा जतायी। उसके पिता को कैंसर अस्पताल में भर्ती कर दिया था। न ठीक से कुछ खा सकता था और न ही पानी पिया जा सकता था, फिर भी नर्सें नारियल का पानी देने का प्रयास करती थीं या सलाईन ही काफ़ी होता।

"माँ! तूने इतना सबकुछ होते हुए भी मुझे बताया नहीं, क्यों किया ऐसा?"

"बेटा अंजू, बताकर भी क्या करती मैं! इतने छोटे बच्चे को लेकर तू यहाँ आकर भी क्या करती।"

"लेकिन माँ, बीमार व्यक्ति तेरे पति होंगे तो भी मेरे लिए पिता है। तू भूल गयी है शायद, इसीलिए मुझे कुछ बताया नहीं, मानो मैं तुम्हारी कुछ लगती ही नहीं।"

"अरी बेटी, तुझे फ़ोन करने वाली थी, पर वह क्या है न, तेरी गोद में बच्चा पल रहा है न...इसलिए..."

"क्या? मेरी गोद के बच्चे के बारे में भी तुझे मालूम है? किसने बताया तुझे?"

"नहीं नहीं, यह बेटा बड़ा हो गया है न इसलिए लगा कि गोद में दूसरा बच्चा पल रहा होगा। भरोसा रख मुझपर बेटी, मुझे किसी ने बताया नहीं।"

"कैसे भरोसा रखूँ माँ! और किस पर भरोसा रखूँ मैं! जीवन भर साथ देने के लिए सात परिक्रमा पूर्ण करने वाले पति पर भरोसा रखूँ या जन्म देने वाली माँ पर भरोसा रखूँ? सब के सब धोखा देने वाले निकले, मैं ग़लती से मायके लौट आयी इसे लेकर, यदि किसी अनाथालय जाती तो कम-से-कम भरोसे से जी तो सकती मैं वहाँ!"

"बेटी, यह क्या हो गया तुझे, आवेश में क्या कह रही है तू?"

"हाँ माँ! बात ही वैसी है" कहते हुए अंजना ने शेखर के व्यवहार के बारे में, सोना ग़ायब होने के बारे में सबकुछ बताते हुए कहा, "माँ! चोरों के घर में अपना स्वाभिमान खोकर एक अभिमानी स्त्री के रूप में मैं जी नहीं सकती।"

"मुझे माफ़ कर दे बेटी, ग़लती शेखर की नहीं, हमारी है। पिछले सप्ताह इनके ऑपरेशन के लिए अचानक डॉक्टर ने एक लाख रुपये भरने के लिए

कहा था। उसके बिना ऑपरेशन नहीं हो सकता था इसलिए शेखर को फ़ोन करने पर रात तीन बजे मोटरसाइकिल पर रुपये लेकर चला आया था शेखर। इसी शर्त पर कि तू पिता की स्वाभिमानी पुत्री है और तुझे रुपये की बात बिल्कुल न बताये।"

"तो क्या उस दिन उनका मित्र बीमार नहीं था। शेखर ने तो मुझे सुबह घर आकर सबकुछ झूठ बताया था? क्यों...आख़िर ऐसा क्यों किया शेखर ने?"

"बेटी! शेखर ग़रीबी में पला बढ़ा लड़का है। यहाँ तक कि उसने ग़रीब परिवार में पल रही लड़की से ही विवाह करना तय किया था। इसीलिए तू उनके घर बहू के रूप में जा सकी। इतना ही नहीं, कैंसर फर्स्ट स्टेज में होने के कारण पूरा कम होने की गारंटी दी है डॉक्टर ने।" इसके साथ ही बहुत सारी बातें होती रहीं उनमें।

अंजना का स्वभाव भलीभाँति जानता था शेखर! वह स्वाभिमानी थी, इसका कई बार अनुभव लिया था। पिता के ग़रीब होने पर भी स्वाभिमान और अस्मिता को कालिमा न लगाने के क़िस्से भी शेखर ने सुने थे। 'ग़रीबों की सबसे बड़ी पूँजी उनकी अस्मिता होती है' जैसे वाक्य शेखर ने कई बार सुने थे। ड्राइवर होने पर भी स्वाभिमानी था वह, वरना बड़े-बड़े ट्रकों से चावल के बीस-तीस बोरे रास्ते में बेचने वालों के क़िस्से भी अंजना ने सुने थे। एक बार चोरी में शामिल न होने पर दूसरे ट्रक ड्राइवरों ने उसके पिता को मारने की साज़िश भी की थी, कुल्हाड़ी का प्रहार गर्दन के बदले कोहने पर पड़ा था और हड्डी टूट गयी थी।...वह था स्वाभिमानी पिता के स्वाभिमानी बेटी का विचार! इसीलिए शेखर ने अंजना को न बताने की शर्त पर एक लाख रुपये रात में ही लाकर दिये थे।

माँ और बेटी में बहुत कुछ बातें हो रही थीं कि रिसेप्शन से अंजना के पिता के नाम से आवाज़ दी गयी। शायद किसी का फ़ोन होगा या डॉक्टर ने दवाइयाँ लाने के लिए कहा होगा...। सोचते हुए अंजना ख़ुद ही रिसेप्शन काउंटर के पास गयी तो उसके हाथ में रिसीवर दिया गया। रिसीवर कान को लगाते ही सामने वाले व्यक्ति से आवाज़ आयी, "मम्मी! मैं शेखर बात कर रहा हूँ। पापा जी की तबीयत की ओर ध्यान देना। मैंने उन्हें मुम्बई ले जाने की व्यवस्था की है। डॉक्टर से बातें भी हो गयी हैं, उन्होंने कल ही बुलाया

है। और देखो माँ, प्लीज़ अंजू को इस फ़ोन के बारे में कुछ बोलना मत! मैंने तुम्हारे घर के पड़ोसियों से सबकुछ कहा है। अंजू घर पर ही है, आज सुबह सात बजे ही मैंने पड़ोसी भारद्वाज जी को सबकुछ बताया है। उसके और तुम्हारे भोजन की चिन्ता मत करना। तुम पापा के स्वास्थ्य का ख़याल रखना और मेरी ज़िद्दी और प्यारी..."

बीच में ही अंजना ने कहा, "ज़िद्दी और प्यारी अभिमानी अंजू का ख़याल रखना, ठीक है न।" मानो शेखर की चोरी पकड़ी गयी हो, वह ख़ामोश रहा।

"मुझे सब समझ में आ गया है शेखर! मैं अस्पताल पहुँच गयी हूँ। आई एम सॉरी, प्लीज़ मुझे माफ़ कर दो। मैंने तुम्हें ठीक से पहचाना नहीं।"

"अरी अंजू, तू ठीक तो है न? पापा कैसे हैं?" वह अंजना के माता-पिता को मम्मी-पापा ही कहता था।

"बस नारियल का पानी ही दिया जा रहा है। कुछ खा भी नहीं सकते।"

"तू चिन्ता मत कर अंजू, मैं रात नौ बजे तक पहुँचूँगा। तू मम्मी के साथ घर में रहना, मैं उन्हें मुम्बई ले जाऊँगा अपने साथ। डॉक्टर परिचित हैं, सब कुछ ठीक हो जायेगा।..." इतना सुनते ही अंजना ने फ़ोन रखा और उसकी आँखों से आँसू बहते रहें, दुख या पीड़ा के नहीं बल्कि अभिमानी पिता के साथ अभिमानी पति को पाने के आँसू!

भटकन

जब-जब कीर्ति गली-मुहल्ले के किसी कार्यक्रम में जाती, दो-चार गीत गाती, सभी उसकी प्रशंसा करते नज़र आते। महिलाएँ तो उसकी फैन बन गयी थीं फिर भी जाते समय ऐसे दो वाक्य सुनातीं कि उसकी छाती जलती रहती। रोते हुए अपने घर की ओर चल पड़ती कीर्ति, करती क्या, किसे अपनी राम कहानी सुनाती। घर में हैं तो सिर्फ़ पाँच वर्षीय अनिल और तीन वर्ष की हीना। उन बच्चों का क्या दोष, क्यों उन्हें नाराज़ करे, सोचती और रसोई बनाने में व्यस्त रहती। हाँ, कुछ कहा-सुना याद आये तो भूलने हेतु बच्चों को सामने बिठाकर दो-चार गीत गाती रहती। हीना गीत सुनती, कारण था कि एक तो वह दिव्यांग थी, जन्म से ही आधा दाहिना पैर नहीं था। चल नहीं पाती इसलिए गीत सुनती। अनिल क्यों बैठता भला, दो-चार मिनट के लिए बैठता और खेलने चला जाता। दिन-भर काम करते-करते यही सोच कर रह जाती कि पति रात घर आने पर मनायेगा तो मान लेगी पर घर आने पर भी मोबाइल पर दुकान की ही बातें चलती रहती। कभी बच्चों के खाने-पीने के बारे में भी नहीं पूछा तो पत्नी के बारे में क्या पूछेगा! ख़ुद ही मान जाती, बच्चे और पति को खिलाती और ख़ुद खाकर सो जाती। नारी होने पर भी नारी की तरह मुँह फुलाये नहीं बैठ सकती थी। बस, चाहती थी कि पति पंकज उसकी बात मान ले पर पंकज उसकी ओर आनाकानी करता। उसका एक ही कहना होता–"दो से अधिक सन्तान को जन्म देना मना है।" फिर शादी करके लाभ ही क्या? माता-पिता पर रोये या रिश्ता लाने वाले मामा पर रोये। कीर्ति विचार करती–"यदि मेरे पिता जी भी परिवार-नियोजन का विचार करते तो मुझे यह सज़ा क्यों मिलती!" वह चार नम्बर की सन्तान थी, पहले दो भाई थे, तीन नम्बर की बहन थी। दोनों

भाई की पढ़ाई के लिए घर में रुपये होते पर दोनो बहनों के लिए फूटी कौड़ी न होती। पिता किसी मिल में भट्ठी पर काम करता था। घर में ग़रीबी होने पर भी परिवार-नियोजन का विचार नहीं किया था। उसके और भी दो भाई और एक बहन थी जो बचपन में ही विभिन्न बीमारियों के कारण चल बसे थे। वह इन सारी बातों का विचार करती तो पिता पर ग़ुस्सा आता लेकिन कुछ कह नहीं पाती।

मायके की ग़रीबी थी कि उसे ससुराल में मौन रहना पड़ता। फिर भी उसने कई बार पंकज से कहा था, "घर में अच्छी सन्तान हो तो आगे चलकर कारोबार सँभाल सकते हैं। अनिल भी तो सामान्य बुद्धि का ही है।" मन्दबुद्धि वाला बालक कहने का साहस भी नहीं किया था फिर भी पंकज बोलने की कोशिश नहीं करता। आख़िर क्यों करता है पंकज ऐसा, इस प्रश्न का उत्तर उसे कभी नहीं मिला। क्या डॉक्टर ने कुछ कहा था या मंजुला की कोई शर्त थी। किसे पूछूँ? बतायेंगे कौन घर में! कुछ पूछने जाती तो पंकज बात बदलता या टालता रहता। देवर से पूछने का प्रयास करना तो दूर पर उसके साथ बात करती तो भी पंकज उस पर शक़ करता। जब से वह घर आयी थी तब से पंकज रात पहले घर लौटता, गोपाल एक घण्टा देरी से आता। ऐसा इसीलिए करता कि उसकी और कीर्ति की उम्र में पन्द्रह वर्ष का अन्तर था। पंकज अधेड़ था और गोपाल चौबीस वर्षीय युवक था। गोपाल और कीर्ति में ज़्यादा अन्तर नहीं था। हाँ, इसका अर्थ ऐसा भी नहीं था कि उस पर प्रतिबन्ध थे। वह जब चाहे गली-मुहल्ले में किसी महिला के साथ बात कर सकती थी। सुबह कोई घूमने जाती हो तो कीर्ति भी जा सकती थी, शर्त यही थी कि वह पति से सन्तान की अपेक्षा नहीं कर सकती थी।

आख़िर कमी क्या थी कीर्ति में जो पंकज के घर में दासी के रूप में जीवन बिताना पड़ रहा था। वह काली या साँवली भी नहीं थी, दिव्यांग भी नहीं थी, न ही किसी के साथ अवैध सम्बन्ध था या न ही वह अनपढ़ थी। कीर्ति के नारकीय जीवन का कारण शिवदास था और उसके मायके की ग़रीबी थी। वह इंजीनियर था, कई जगह अपने लिए वधू देखता रहा परन्तु उसे मनपसन्द वधू नहीं मिलती। कोई गोरी होती और उसकी शिक्षा कम होती, कोई पढ़ी-लिखी होती परन्तु उसका रंग गेहुँआ या साँवला होता। अतः उसका रिश्ता कहीं जुड़

नहीं पा रहा था। कहीं कोई पसन्द आती पर उच्च शिक्षा और पूँजीपति पिता की कन्या होने के कारण निम्नवर्गीय शिवदास के साथ जीवन बिताने के लिए तैयार नहीं होती। मजबूरन शिवदास ने कीर्ति को पसन्द किया था परन्तु एंगेजमेंट के महीने बाद ही दूसरा अच्छा रिश्ता चलकर आया था। शिवदास तथा उसके माता-पिता द्वारा ठुकराने के बाद रिश्ता टूट गया था। बस, हार गयी थी, और क्या, अस्पताल में रिसेप्शनिस्ट की नौकरी करते-करते ग्यारहवीं से बीकॉम तक पढ़ाई करने वाली परिश्रमी, शिक्षित युवती कीर्ति को पहला रिश्ता टूटने की सज़ा मिलती रही। शिवदास ने एंगेजमेंट से पहले हिसाब-किताब लिखने, एकाउंटिंग, ऑडिटिंग के सम्बन्ध में बहुत कुछ पूछा था, कम्प्यूटर का ज्ञान देखते हुए रिश्ता तय किया था। यही सोचते हुए कि सिविल इंजीनियर के लिए अकाउंटेंट की आवश्यकता होती है, रिश्ता तय हुआ था परन्तु वधुवर परिचय सम्मेलन में आर्किटेक्ट युवती का परिचय होते ही कीर्ति ठुकरा दी गयी थी।

एक रिश्ता ठुकराने की सज़ा भुगतने वाली कीर्ति को पंकज के घर में खाने-पीने, पहनने-ओढ़ने की कमी नहीं थी, कमी थी सिर्फ़ शारीरिक सुख की। उसने युवावस्था में क़दम रखा था, उसे वह भी मंज़ूर था, अकेलेपन में ज़िन्दगी बिता सकती थी, पर गली-मुहल्ले वाली औरतों द्वारा कसे ताने उसे तीर की तरह चुभते रहते। विवाह के तीन वर्ष पूर्ण होने के बाद भी पति ने एक बार भी पत्नी के साथ घूमने की बात नहीं की थी। अगर वह शृंगार, हँसी-मज़ाक़ की बात करती तो मूक पशु की तरह उठकर दूर चला जाता या किसी पार्टी को फ़ोन कर व्यापार, लेन-देन के बारे में घण्टे भर बातचीत करते रहता। यदि उसी दरमियान टीवी देखते समय गोपाल कीर्ति के बाजू में बैठा नज़र आता तो तुरन्त फ़ोन काट देता और ख़ुद भी टीवी देखने के लिए आ बैठता। किसी के फ़ोन आने पर भी रिसीव नहीं करता। गोपाल भी ग्रेजुएट युवक था, फ़ैशनेबल तथा आधुनिक विचार वाला था। रोज़ नये-नये कपड़े पहनने तथा परफ्यूम के शौक़ीन गोपाल के पास बैठते ही कीर्ति को अपनी सहेलियाँ याद आतीं। कॉलेज में पढ़ाई करते समय उसकी सहेलियों ने रोज़ नये-नये कपड़े पहनने वाले और परफ्यूम लगाने वाले युवक को लेकर सपने देखे थे। कई सहेलियों के स्वप्न भी पूर्ण हुए थे। कोई मुम्बई में सी.ए. के साथ चली गयी

थी, तो किसी का पति प्राध्यापक, तो किसी का पति बैंक में मैनेजर था, तो कोई सहेली नोवेल्टी व्यावसायिक की पत्नी बनकर ख़ुश नज़र आती।

वैसे पंकज भी कोई ग़रीब नहीं था, स्टेशनरी और कटलरी दुकान थी। चार-पाँच नौकर भी थे काम करने के लिए, कमी कुछ नहीं थी, बस स्त्री के पूर्णत्व की इच्छा थी। वह भी अपने लिए नहीं गली-मुहल्ले वाली महिलाओं को उत्तर देने के लिए। परन्तु पंकज का उत्तर एक ही होता–"दो से अधिक सन्तान नहीं।" तो क्या वह दासी ही थी या कुछ और। एक बार उसने पति को समझाते हुए कहा भी था, "मुझपर भरोसा कीजिए, मैं अपने होने वाले बच्चों की तरह ही अनिल और हीना को देखूँगी। उनके प्रति मेरा वात्सल्य कभी कम नहीं होगा।"

"मैंने कब कहा है कि अनिल और हीना के प्रति तुम्हारे मन में वात्सल्य भाव कम है।"

"तो फिर मेरी बात का अस्वीकार क्यों ?"

"..."

निरुत्तर पति को देखते हुए कीर्ति कहती, "मैं भले ही मंजुला की तरह सुन्दर नहीं हूँ लेकिन आपसे प्यार तो कर सकती हूँ।"

"मैं भी प्यार करता हूँ तुमसे। देखो कीर्ति! तुम्हें क्या कमी है इस घर में, अपनी ज़िद पर अड़े रहना भी तो ठीक नहीं है।" इस वाक्य के साथ पंकज मौन धारण करता। वह कोई कठपुतली नहीं थी जो अपनी इच्छा को दबाये रखे। उसने दोनों बच्चों को लाड़-दुलार देने का प्रयास किया था। अनिल को तैयार कर स्कूल वैन में बिठाने और स्कूल छूटने पर वेन की राह देखते दस-पन्द्रह मिनट रोड पर खड़े रहना, रोज़ सोते समय उसे दूध पिलाना तथा हीना को एक ही जगह बिठाकर खिलाना, बाल बनाना जैसे काम वह स्वयं करती थी। इतना त्याग करने के बावजूद दोनों ने कीर्ति को कभी माँ या मम्मी कहना पसन्द नहीं किया। पंकज ने बच्चों को कई बार समझाया था कि कीर्ति को 'माँ' या 'मम्मी' कहे। वे दोनों मंजुला को माँ ही कहते पर पंकज के कहने-समझाने पर भी कीर्ति के लिए 'माँ' शब्द का प्रयोग नहीं करते तो उसे ग़ुस्सा ज़रूर आता लेकिन मजबूरी के कारण ख़ामोश रहती।

पंकज के मौन रहने का उत्तर एक रात मिल गया था। हुआ यूँ था कि कीर्ति ने हीना के जन्मदिवस के अवसर पर घर में ही केक बनाया था। मंजुला घर के केक से भी ज़्यादा बेकरी वाले केक को पसन्द करती थी, रुपये भी ज़्यादा देने पड़ते और उसमें लगाव भी कम होता। परन्तु कीर्ति ने सुबह जल्दी उठकर हीना को उबटन के साथ स्नान करा दिया था। उसे गोद में बिठाकर रिक्शा स्टैंड तक गयी थी, फिर रिक्शे से मन्दिर ले गयी थी। दोपहर से ही बर्थडे की तैयारी की थी। दोपहर चार बजे ही पंकज को फ़ोन कर घर जल्दी आने के लिए कहा था। हो सके तो दुकान से गुब्बारे जल्दी भेजने के लिए भी कहा था। कीर्ति के बताने पर ही पंकज को हीना के जन्मदिन का पता चला था। इतनी जल्दी ही वह बेटी का जन्मदिन भूल गया था। उसने नौकर विकास के साथ गुब्बारे तथा अन्य सामग्री भेज दी थी। शाम सात बजे वह घर आया तो दंग रह गया था, ऐसी तैयारी मंजुला ने भी नहीं की थी। हाँ, तैयारी में विकास ने काफ़ी योगदान दिया था। गुब्बारे फूँकना, पताका तैयार करने से लेकर चिपकाने तक सहायता की थी। घर में बनाया केक, समोसा, मिठाई देखकर पत्नी के प्रति प्रेम-लगाव जाग उठा। उसने कीर्ति से इतना ही कहा, "थैंक्स फॉर दिस प्रिपरेशन एंड अरेंजमेंट!" ग्रेजुएट पति के मुँह से पहली बार अंग्रेज़ी वाक्य सुनकर कीर्ति ख़ुश हो गयी थी। परन्तु उसी रात उसकी ख़ुशी पर पानी फिर गया था। पंकज रात नींद में प्रलाप कर रहा था, "नहीं मंजुला! तुम्हें दिया हुआ वादा कभी नहीं तोड़ूँगा। मैं और किसी बच्चे को जन्म देकर इन दोनों के प्रति प्यार कम नहीं होने दूँगा। मैं तुम्हारी आत्मा को प्रताड़ित नहीं करूँगा, मुझ पर भरोसा करो।" थोड़ी देर रुककर फिर बोलता रहा, "आज कीर्ति ने ही हीना के जन्मदिन की याद दिलायी, मुझे मालूम भी नहीं था। सॉरी, इसके बाद ऐसा कतई नहीं होने दूँगा। मुझे माफ़ कर दे मंजुला, प्लीज़...प्लीज़।" और सिसकियाँ भरता रहा।

कीर्ति को पति के मौन रहने का उत्तर मिल गया था। मंजुला टीवी से ग्रस्त थी। अस्पताल में एडमिट थी परन्तु थोड़े ही दिनों में उसकी एक किडनी निकम्मी हो गयी थी। डॉक्टरों ने पंकज को सब बताया था। पंकज के छुपाकर रखने पर भी मंजुला को समझने में देर नहीं लगी। मंजुला दवा से भी ज़्यादा बच्चों का विचार करती रही। जब-जब भी उसे नर्स दवाइयाँ देने आती तो बच्चों

की पूछताछ करती थी। बहुत कुछ इलाज करने पर भी मंजुला को बचा नहीं पाया पंकज। वह मानसिक रूप से हार गयी थी। मरते समय उसने पति को दूसरी शादी न करने की क़सम लेने के लिए कहा था। पंकज ने मृत्युशय्या पर पड़ी पत्नी के समाधान के लिए क़सम खायी थी। परन्तु मृत्यु के बाद बच्चों की देखभाल कौन करेंगे। घर में पंकज की माँ की उम्र भी काफ़ी हो गयी थी। पिता की मृत्यु के बाद माँ हमेशा उदास नज़र आती थी। उससे ज़्यादा काम करना सम्भव नहीं था। इसलिए हारकर मृत पत्नी को दिया हुआ वादा तोड़कर दूसरी शादी का निर्णय लिया था। पर दो बच्चों के बाप को कौन अपनी कन्या देगा, कौन युवती विधुर से शादी करने तैयार होगी। परन्तु एजेंट के काफ़ी प्रयास के बाद पड़ोसी गाँव में ही भट्ठी पर काम करने वाले पिता की पीड़ा सुनने में आयी तो एजेंट जाकर कीर्ति के पिता से मिला। इस तरह कीर्ति पंकज के घर बहू बनकर आयी थी। पंकज भी ऐसा था कि उसे अपने कुँवारे छोटे भाई की चिन्ता नहीं थी। वह भी ग्रेजुएट था, दुकान सँभालता था। पुणे, मुम्बई, दिल्ली, हैदराबाद जाकर ख़रीदी करता था और अपने गाँव के इर्द-गिर्द कई क़स्बों में टेंपो में माल भरकर ले जाता और बिक्री करता था। वह जवान था और व्यवसाय में हाथ बँटता पर पंकज को अपनी ही चिन्ता थी। वह यही सोचता कि बच्चों का क्या होगा। अनिल का विकास धीरे-धीरे हो रहा था और हीना दिव्यांग थी। उन्हें सँभालने के लिए एक औरत की ज़रूरत थी न कि एक पत्नी की!

औरत भी आख़िर पूर्णत्व का विचार करती है, मंजुला भी तो औरत ही थी और कीर्ति भी औरत ही है, यह विचार पंकज ने कभी नहीं किया। उसके विचार न करने से क्या कीर्ति का विचार रुक जाता? एक दिन कीर्ति ज़्यादा थकी-माँदी नज़र आयी। दिन भर अचानक सिर दर्द की शिकायत के कारण पंकज को फ़ोन करके बुलवा लेना चाहा। पंकज तो आ नहीं सका पर नौकर विकास ज़रूर आया। विकास ही उसे अस्पताल ले गया और देखने के बाद डॉक्टर ने गायनिक से सम्पर्क करने के लिए कहा। डॉ. सुषमा ने उसके गर्भवती होने का समाचार सुनाया। पंकज को समाचार मिलते ही तुरन्त अस्पताल आकर हंगामा खड़ा किया। सावधानी बरतने के बावजूद कीर्ति के पेट में पल रहे जीव को लेकर शक़ बढ़ता रहा। सप्ताह भर घर में हंगामा

चलता रहा और मजबूरी से कीर्ति से गर्भपात करने की बात कही गयी। पंकज ने शादी से पहले कीर्ति के दोनों भाइयों की शिक्षा के लिए सहायता की बात की थी तथा उन्हें उद्योग के लिए पाँच लाख रुपये दिये थे। डॉ. सुषमा के यहाँ बुलाने पर कीर्ति के पिता ने ही यह बात कही थी। कीर्ति का निर्णय अपनी जगह था, हर हाल में गर्भपात नहीं करना है। दूसरे ही दिन अस्पताल में विकास आया। उसके हाथ पैर काँपते नज़र आये। वह डॉ. सुषमा के साथ वार्तालाप कर सीधा अस्पताल के बाहर चला गया। थोड़ी देर बाद डॉ. सुषमा कीर्ति के पास आकर कहने लगी, "अभी-अभी आपके मिस्टर ने एबॉर्शन के लिए अनुमति दी है, बस आपकी अनुमति बाक़ी है।"

"पर डॉक्टर...वह...तो मेरा..."

"वही तो कह रही हूँ मैडम, आपके पेट में जीव पल रहा है लेकिन आपके मिस्टर की इच्छा नहीं।"

कीर्ति को समझने में देर नहीं लगी। वह ख़ामोश लेटी रही कि अचानक उसका मोबाइल बजने लगा। देखा तो नौकर विकास का फ़ोन था। रिसीव करते ही वह कहने लगा, "मैडम, क़ातिल को माफ़ करना! एक पाप तो मैंने अपने जीवन में किया है। अब और पाप नहीं कर सकता हूँ।"

"पर तुम रो क्यों रहे हो? क्या हुआ है, सच तो बताना मुझे।"

"मैडम, मुझे पंकज मालिक ने ही उनके नाम से एबॉर्शन के लिए हस्ताक्षर करने के लिए भेजा था। आज मैं सन्तान सुख के लिए तरस रहा हूँ तो मेरी आँखों के सामने ही किसी भ्रूण को मारा जा रहा है। अनुमति के हस्ताक्षर करने में मेरा कोई दोष नहीं है। प्लीज़, मुझे क्षमा कर दीजिए।"

कीर्ति ने सब समझ लिया, वह पेड़ों से अधिक पौधों की रक्षा करने को प्राथमिकता देती थी, फूटने वाले अंकुर को अपने पैरों से कुचलना नहीं चाहती थी। पेड़ क्या अपनी जड़े जमाने का काम करते ही रहेंगे चाहे ज़मीन उर्वर हो, बजरी या ऊबड़-खाबड़ हो; अंकुर का रक्षण करना ही हमेशा श्रेष्ठ है। पत्नी के पेट में पल रहे अपने ही ख़ून के हिस्से को मारने के लिए कहने वाला श्रेष्ठ है या 'क़ातिल को क्षमा करना' कहते हुए गिड़गिडाने वाला श्रेष्ठ है। दिनभर अस्पताल में लेटकर सोचती कीर्ति का मन भटकता है। उसकी भटकन कहीं रुकने का नाम तक नहीं ले रही थी। वह भटकन उस शक़ तक ले गयी जहाँ

देवर और भाभी के पवित्र रिश्ते में ज़हर घोलता पति नज़र आया। गली-मुहल्ले वाली औरतें गोपाल के पवित्र मन तथा स्वभाव से परिचित थीं। जब गली में शर्मा जी की बहू स्नेहा स्कूटर से गिर गयी थी तो गोपाल ने ही उसे अपने कन्धे पर उठाकर पास के अस्पताल में भर्ती करवाया था। अस्पताल में केस पेपर पर रिश्ते के रूप में 'भाई' लिखा था। यहाँ तक कि उसके लिए रक्तदान भी किया था। इस जन्म में भैयादूज के लिए बहन नहीं इसका विचार करते हुए गली-मुहल्ले की युवतियों के पास जाना, उन्हें अपनी ओर से उपहार में धूपदान देना, प्रेरणादायक पुस्तकें देना जारी था। घर में कीर्ति के आने पर उसे बहन का अभाव न खलता। वह कीर्ति में ही बहन को देखता था पर शक्की पंकज को दोनों का वार्तालाप करना खलता था। यदि गोपाल को भोजन परोसती कीर्ति नज़र आती तो उस रात कीर्ति से एक शब्द भी बात नहीं करता। गोपाल भी अपनी माँ के सामने ही कीर्ति के साथ बातें करता। बातें भी व्यवसाय में वृद्धि की होतीं, पंकज को डिब्बा बाँधकर देने की होतीं तो भी शक़ होता। वह दोपहर भी दुकान में भोजन करने के बदले घर पर ही जाता। एक तो वह दुकान को ग्यारह बजे जाता था, सुबह आठ बजे गोपाल ही दुकान खोलता, सफ़ाई करता। ग्यारह बजे दुकान की ओर जाते समय कीर्ति उसके साथ गोपाल के लिए भी दो-चार रोटियाँ ज़्यादा बाँधकर देती थी परन्तु तब भी पंकज के मन में शक़ होता और वह बहाना करके घर चले जाता। घर जाते ही उसे हीना को खिलाती हुई कीर्ति, घर में सफ़ाई करती कीर्ति नज़र आती, कुएँ से पानी खींचती कीर्ति नज़र आती। लेकिन सन्देह किस पर था यह कीर्ति समझ नहीं पायी। दूसरी ओर बच्चे भी उसे माँ की नज़र से देख नहीं पाते, उन सब में रूखापन था, तनाव ही था, कीर्ति द्वारा दिखाये गये वात्सल्य को बच्चे माँ की ममता के बदले नौकरानी की दासता की दृष्टि से देखते। कीर्ति के लिए पंकज अब नाम के लिए पति था।

उसकी भटकन उसे उस विकास के पास ले गयी जो रोते हुए क़ातिल को माफ़ करने की बात कर रहा था। ग़लती क्या थी उसकी, जिसने मालिक के कहने के अनुसार हस्ताक्षर किये थे पर वह ख़ुद सन्तान के लिए तरस रहा था। पहले भी उसने विकास में लगाव देखा था। किसी काम के कारण घर आता तो कीर्ति के सामने दिल खोलकर बातें करता। कीर्ति को शेर सुनना

पसन्द था। पंकज के कहने पर उसने दो-चार शेर सुनाये थे। कीर्ति के लिए साड़ी ख़रीदनी हो तो पंकज विकास को साथ ले जाता। उसे जब साड़ी पसन्द आती तो पंकज उसका पूरा श्रेय विकास को देता। इस तरह विकास और कीर्ति की पसन्द में समानता थी। उसकी पत्नी गर्भाशय के कैंसर से ग्रस्त थी। काफ़ी जाँच पड़ताल के बाद डॉक्टर ने गर्भाशय ही निकाल दिया था और समाज विकास तथा उसकी पत्नी को अशुभ-अमंगल मानकर कार्यक्रम में उन्हें टालता रहा। अब कीर्ति की पूर्णत्व की इच्छा थी और विकास को कलंक मिटाना था। कलंक के भय से ही कैंसर से मुक्त होने पर भी बच नहीं पायी थी वह।... इस भटकन के साथ ही कीर्ति का मन अस्पताल में वापस क़दम रख ही रहा था कि विकास भी भीतर आता नज़र आया। काफ़ी पसीना-पसीना हो गयी थी वह। अपना चेहरा पल्लू से साफ़ करना चाह रही थी कि चेहरे पर कील नज़र आयी। ख़ुद अपने ही गाल पर हाथ फेरते समय लगी कील को तत्क्षण निकाल कर फेंक दिया और विकास के साथ उसके घर चली गयी... सदा के लिए...औरत के पूर्णत्व की ओर...!

साधना

"परिवर्तन का पहिया भी ग़ज़ब का है, जो किसी के साथ निष्ठुर व्यवहार करता है तो किसी का गुलाम बनकर उनकी सेवा किया करता है। जैसी करनी वैसी भरनी की बात तो की जाती है, पर पाप करने वाले सीना ताने घूमते हैं।" ऐसा कहना या सोचना ग़लत है, क्योंकि वक़्त कभी-कभी बेवक़्त परिणाम देता है। जो भी हो नलिनी ने बचपन में जो घटना आँखों से देखी थी, आज डायस पर बैठे-बैठे पल-पल याद करती रही। विशेष रूप से आठ मार्च को महिला दिवस पर किसी स्त्री के साथ हुई छेड़खानी के अपराधी को कठोर सज़ा का निर्णय देते समय माँ की चीख़ उसे सुनायी देती थी। बार-बार वह घटना धूल जमे आईने में वह फूँक लगाये देखती रही...

प्रमोद, नलिनी के पिता के गाँव में खेती करता था। भाई-भाई के विवाद के बाद डेढ़ एकड़ ज़मीन मिली थी उसे। रुपये होते तो काफ़ी रुपये कमा सकता था वह, पर अपनी मेहनत को बेकार जाते हुए देखकर एक दिन गाँव के ज़मींदार जगमोहन से क़र्ज़ा लेकर खेत में बोर लगाना तय किया, सरकार की ओर से अधिक आशा न करते तथा क्षेत्रीय विधायक के घर चक्कर काटने के बदले जगमोहन से जा मिला था। रुपये दो रुपये नहीं, बल्कि बोर के लिए चालीस हज़ार रुपये लिए थे प्रमोद ने। यही घटना उसके जीवन में जानलेवा साबित हुई थी। हुआ यूँ था कि जगमोहन से ऋण लेकर बोर लगाकर भी ज़्यादा लाभ नहीं हुआ। कारण बारिश का नहीं था, कारण अडहत भाव का था। बोर के पानी से गन्ने के साथ ही प्याज़ की फ़सल ली उसने। कुछ दिन पहले भारत में आसमाँ को छूते प्याज़ की दर ने उसे प्याज़ लगाने के लिए मजबूर किया था, परन्तु प्याज़ की फ़सल आने में समय लगने के कारण

बाहर से इम्पोर्ट प्याज़ ने भारतीय बाज़ार को नरम कर दिया था। इधर फ़सल आयी तो प्याज़ की दर में काफ़ी गिरावट आने से कौड़ी के दाम से प्याज़ बेचा जा रहा था।

प्याज़ की दरों में गिरावट आने से तो ज़मींदार सूद या मूल रकम चालीस हज़ार में कमी नहीं करेगा। क़र्ज़ लेकर लगभग दो वर्ष हो गये थे। पहले तीन-चार महीने सूद दे सका प्रमोद; पर उसके बाद क़र्ज़ चुकाना तो दूर, सूद भी दे नहीं सका। प्रमोद जगमोहन का रिश्तेदार थोड़े ही था, जो वह ख़ामोश रहता। पैसा तो रिश्तेदारों में भी भेद निर्माण करता है, वहाँ कोई ग़रीब ढोर किस झाड़ का पत्ता है!

एक दिन शाम छह बजे प्रमोद खेत से घर लौटा ही था कि जगमोहन पहुँच गया। प्रमोद घर के बाहर ही खड़े-खड़े मुँह धो रहा था। जगमोहन ने चिल्लाते हुए कहा, "पम्म्या! रुपये सूद के साथ वापस लौटाने के लिए दिये थे, न कि लूटने के लिए।"

"माफ़ करो सरकार, अब थोड़े-थोड़े दिया करूँगा।"

"नखरे बन्द कर। रुपये की बात कर।"

"सरकार! नखरे नहीं, क़सम से कहता हूँ, अब हर महीने थोड़ा-बहुत देता रहूँगा।" हाथ जोड़ते हुए प्रमोद कह रहा था। नलिनी एक कोने में बैठकर बर्तन माँज रही थी। उसने घूरते हुए जगमोहन की ओर देखा तो जगमोहन अपमानित हुआ। किसी कंगाल-फटेहाल की कन्या का ज़मींदार को घूरना याने ज़मींदार का अपमान था। क़र्ज़ लेकर चार वर्ष पूरे हो चुके थे, प्रमोद बहाना ही बना रहा था। पहले से ही क्रोधित जगमोहन का क्रोध घूरती नलिनी को देखकर और भी बढ़ गया। आज तक किसी स्त्री ने ऐसे देखने की हिम्मत नहीं की थी। अपमान के घूँट पीकर तेवर बदलते हुए जगमोहन ने कहा, "अब नखरे नहीं! अभी के अभी सूद के साथ रुपये लौटाना। रुपये लिए बिना मैं लौटूँगा नहीं यहाँ से अकेले।"

"सरकार, ज़िद मत कीजिए। अबकी बार माफ़ कर दो। मेरी ज़ुबान पक्की है, बात नहीं बदलूँगा। अगले महीने में सूद दूँगा पक्का। भरोसा करना माय बाप!"

"तो तब तक अमानत रखना मेरे पास। मैं यूँ ही ख़ाली हाथ नहीं लौटूँगा।"

गिड़गिड़ाते हुए प्रमोद बोल रहा था, "सरकार, मेरे पास है क्या जो अमानत के रूप में रखूँ?"

"क़र्ज़ा नहीं चुकाता तो यह अमानत किसलिए रखी है, मुझे दे दे। समझना कि क़र्ज़ से मुक्ति मिली तुझे।" नलिनी की ओर देखते हुए जगमोहन बोल रहा था। पति और जगमोहन की इन बातों को सुनते ही पत्नी सरोजा हाथ का झाड़ू बाजू में रखकर दोनों के सामने आ खड़ी हुई। प्रमोद गिड़गिड़ाता नज़र आ रहा था, पर जगमोहन मानने के लिए तैयार नहीं था। वह जगमोहन के दोनों पैरों पर सिर रखकर बोल रहा था, "सरकार, रहम कीजिए। ऐसा मत कहना, उसकी तो अभी-अभी कुड़माई हुई है।" पर जगमोहन सुनने के लिए तैयार नहीं था। प्रमोद की विनम्रता अब क्रोध में परिणत हो रही थी कि सरोजा बीच में आ पड़ी। सरोजा बोलना चाह रही थी कि जगमोहन बोला, "तो इसे देना अमानत के रूप में!"

"सरकार, यह मेरी...पत्नी...!"

"पत्नी ही तो है। यह तो रस से भरी है, भरा-पूरा शरीर, पका आम चूसने में मज़ा ही आता है।"

सरोजा ने पल्लू ठीक करते हुए नलिनी को घर के भीतर जाने का इशारा किया। काफ़ी देर तक पति-पत्नी जगमोहन के सामने गिड़गिड़ाते रहें। आख़िर खूँखार भेड़िये जगमोहन के घर जाना पड़ा सरोजा को। देर रात तक नलिनी ने माँ के सन्दर्भ में पूछा तो उत्तर में प्रमोद ने इतना ही कहा, "थोड़ी देर बाद आयेगी" पर उसकी थोड़ी देर यानी पूरी रात थी। सुबह सात बजे माँ को घर लौटते देख नलिनी ने थोड़ा बहुत समझ लिया। पर बात इतना होकर नहीं रुकी। महीने में एक-दो बार जगमोहन रुपये के लिए तगादा लगाता रहा। सूद भी नहीं और मूल धन भी नहीं, ख़ाली हाथ कैसे जाये। फिर वही बात, सरोजा को भेड़िये के घर जाना पड़ता रात भर। पिछले ही वर्ष उसकी पत्नी की मृत्यु हुई थी दिल का दौरा पड़ने से। तब से भेड़िया बाहर सूँघता नज़र आ रहा था किसी शिकार की खोज में। परन्तु दो-चार बार जाने पर भी मूल धन और सूद माफ़ करने की बात ख़ारिज कर रुपये माँगने पर प्रमोद पत्नी को उसके घर भेजने के लिए तैयार नहीं हुआ। यहाँ तक कि वह जगमोहन पर आग बरसते हुए सरोजा को भेजने से इनकार करते हुए चिल्लाने लगा। इस पर जगमोहन

ने अपमान करते हुए कहा, "अबे, चख तो लिया है, काट तो नहीं लिया। भरोसा न हो तो देख लेना मेरे सामने..." नलिनी नौवीं कक्षा में पढ़ रही थी, पढ़ाई करते हुए संवाद सुन रही थी तो आग बबूला हो उठी। परन्तु ज़हर का घूँट पीकर प्रमोद और सरोजा शान्त रह गये। नलिनी तो सो गयी, परन्तु देर रात तक पति-पत्नी सो नहीं पाये। रात के लगभग दो बजे सिसकियाँ भरने की आवाज़ सुन नलिनी उठी तो दोनों ने उसे समझाकर सुला दिया। छोटा बेटा प्रसाद पाँचवीं कक्षा में पढ़ता था। सभी एक ही कमरे में सोते थे।

रात की सिसकी सुबह का क्रन्दन बन गयी थी। पता नहीं चला सरोजा को नींद कब लगी, सुबह उठकर देखती है तो पति के मुँह से झाग निकल रहा था। अपमान के घूँट के साथ ज़हर भी पी लिया था। नलिनी को सबकुछ समझने में देर नहीं लगी पर मजबूरी थी। अगर वह कुछ बोलती तो शायद माँ का सहारा भी खोती इसलिए विधवा माँ और छोटे भाई की हिम्मत बाँधती नलिनी ने पढ़ाई जारी रखी। नलिनी की चुप्पी एक कड़वी साधना थी, जो पढ़ाई में भी मौन रूप में साथ दे रही थी। अपनी माँ को वह धीरज देती रही ताकि ज़मीन हाथ से न जाये और भविष्य में स्वप्नपूर्ति भी हो। सरोजा कई घरों में चौका चूल्हा करती रही और बच्चों की ओर ध्यान देती रही। इतना करके भी एक चिन्ता सता रही थी, चालीस हज़ार रुपये और उसका सूद। आख़िर ज़मीन बेचकर ही क़र्ज़ से मुक्ति पा सकी सरोजा। बची-कुची ज़मीन भी हाथ से जाने पर मज़दूरी करने के सिवा दूसरा मार्ग भी नहीं रहा। ख़ुशी इस बात की थी कि खेती के लिए लागत करने की आवश्यकता ही नहीं थी। दिनभर परिश्रम करें और शाम पाँच बजे नगद मज़दूरी ले। वर्षा समय पर हुई तो खेत में मज़दूरी, यदि वर्षा नहीं हुई तो कारख़ाने में मज़दूरी। हाँ, खेत में काम करने से शाम की रसोई के लिए थोड़ी साग सब्ज़ी आदि की मुफ़्त व्यवस्था होती। ऐसे-तैसे गुज़ारा करते हुए दोनों बच्चों को पढ़ाती रही। नलिनी कॉलेज पढ़ रही थी तो प्रसाद मिडिल पढ़ रहा था। नलिनी ने अपनी मंज़िल तय की थी, उसी दिशा में क़दम बढ़ा रही थी। वह अपनी साधना में बाधा पसन्द नहीं करती थी। फिर भी एक ठोकर लगी, पर वह जानती थी नदी ठोकर खाकर ही आगे बढ़ती है, पत्थर वहीं रुक जाता है। हवा ठोकर खाकर आगे बढ़ती है जबकि पत्थर वहीं रुक जाता है। आदमी ठोकर खाता है अर्थात् ठोकर देने वाले पत्थर पर ही चलकर

आगे बढ़ता है। सरोजा गाँव के देविदास के कारख़ाने में सफ़ाई का काम करने लगी। दरिया दिल का था देविदास, समय-समय पर नलिनी और प्रसाद की शिक्षा के बारे में पूछताछ भी करता था। उस दिन जवान नलिनी कॉलेज जाने के लिए बस अड्डे पर खड़ी थी कि जगमोहन की नज़र उस पर पड़ी। ईश्वर ने स्त्री को एक वरदान दिया है कि वह सामने खड़े व्यक्ति की नज़र में छिपे काम और प्रेम को समझ सकती है, दया और क्रोध को समझ सकती है। गाँव की कई औरतें जगमोहन की शिकार बनी थीं। नलिनी कॉलेज जाने के बदले घर लौट गयी और माँ के साथ देविदास के कारख़ाने में काम करने चली गयी। पूछने पर सबकुछ बताया। सुनकर देविदास का हृदय पसीजता रहा और उसने तुरन्त शहर के अपने कारख़ाने में ही काम देने की बात कही। सरोजा और नलिनी ने उन्हें धन्यवाद दिया।

शहर के कारख़ाने में नलिनी और माँ सरोजा का गुज़ारा सही ढंग से चलने लगा। मालिक के गाँव की होने के कारण सभी मज़दूर तथा मैनेजर भी दोनों को सम्मान देते थे। यूँ तो सरोजा रोज़ सुबह कारख़ाने के चारों ओर झाड़ू मारती थी। दो-तीन घण्टे उसी में चले जाते थे। सुबह के दस बजते ही देविदास का कमरा भी साफ़ करती थी। साढ़े दस बजे तक देविदास ऑफ़िस में पहुँचता तो दंग रह जाता। कारख़ाना चारों ओर स्वच्छ और अपना केबिन भी साफ़ सुथरा पाकर देविदास ख़ुश होने लगा। वह शाम जब अपने घर की ओर लौटता तो नलिनी को कारख़ाने में किसी पेड़ के नीचे पढ़ाई करते देख लेता। एक दिन उसे अपने केबिन में बुलाते हुए पूछा, "मुझे बता बिटिया, तू आजकल क्या पढ़ रही है?"

"सर, मैं फस्ट ईयर बीकॉम पढ़ रही हूँ। यह मेरी दीर्घ साधना है।"

"दीर्घ साधना मतलब?"

"इसका मतलब है बहुत कुछ अध्ययन करना। लगभग चार-पाँच वर्ष तो मेहनत करनी है मुझे।"

"वाह! बहुत ख़ूब...क्या बनना चाहती है तू?"

"न्यायाधीश...बड़ी इच्छा है मेरी।"

देविदास साधना पूर्ति के लिए उसे प्रोत्साहन देता रहा लेकिन सरोजा बार-बार कहती थी, "दुनिया में ग़रीबों को न्याय कहाँ मिलता है? क़ानून, नियम

सब ग़रीबों के लिए हैं जबकि न्याय देवी अमीरों के घर में पानी भरने जाती है।" नलिनी सबके लिए समान न्याय की इच्छा रखती थी इसलिए बचपन से डायस पर बैठने की ज़िद थी। सरोजा कहती थी, "नलिनी! तू नहीं जानती। ढोर, गँवार, शुद्र, पशु, नारी को किसी सन्त ने ताड़न के अधिकारी कहा है।"

"माँ! तेरा यह ज्ञान अधूरा है। यदि ऐसा कहना होता तो अन्य स्थान पर तुलसीदास वानर को गले नहीं लगाने देते, शबरी के हाथ से जूठे बेर नहीं खाने देते राम को। तुलसीदास ने सीता को आदर्श के रूप में दर्शाया है। उसे नैतिकता की मूर्ति माना है। उर्मिला के त्याग और विरह का चित्रण किया, लंका में मन्दोदरी तथा त्रिजटा का भी सकारात्मक चित्रण किया है, सुरसा जैसी राक्षसी को हनुमान ने माता कहा है। राम ने स्त्री अर्थात माता कैकई को दिये वचन का पालन करने हेतु चौदह वर्ष वनवास का स्वीकार किया तथा एक स्त्री की रक्षा के लिए ही रावण से युद्ध किया है। इस तरह तुलसी के राम ने स्त्री के प्रति सम्मान ही रखा है।" नलिनी ने अपनी माँ को बहुत कुछ इसलिए समझाया था क्योंकि वह न्याय की साधना करती थी। आज न कल ग़रीबों को भी न्याय मिलेगा इस पर उसका विश्वास था। उसके स्वप्न को सत्य में उतारने में देविदास सहायता करता था। पहले भी उसने कई बार सहायता की थी। बी.कॉम. पढ़ रही नलिनी को कारख़ाने में स्टोरकीपर की नौकरी दी। नौकरी तो एक बहाना था, उद्देश्य था पढ़ने हेतु उसे जगह देना। वह दोपहर दो से रात दस बजे तक नौकरी करते-करते पढ़ाई करती रही। देखते-देखते बी.कॉम. उत्तीर्ण नलिनी ने लॉ में प्रवेश लिया। माँ सरोजा भी ख़ुश थी। उन दोनों के लिए मिला एक कमरा पुस्तकों से भर जाता। सरोजा भी चौथी उत्तीर्ण थी। नलिनी की किताबों में समाज को देखती थी। कड़ी मेहनत के बल पर नलिनी एल.एल.एम. उत्तीर्ण हो गयी तथा प्रतियोगिता परीक्षा की तैयारी शुरू की। नलिनी ने पहली बार प्रतियोगिता परीक्षा दी परन्तु सफलता नहीं मिल पायी। परीक्षा नौकरी के लिए होती है जो एक साधन है। जीवन की परीक्षा में उत्तीर्ण होना महत्त्वपूर्ण है। बिल्कुल वही हुआ। नलिनी ने हिम्मत बनाये रखते हुए दोबारा परीक्षा दी, साक्षात्कार के लिए गयी और सफलता मिली। नलिनी, नलिनी नहीं न्यायाधीश बन गयी थी! उसकी साधना पूर्णत्व की ओर क़दम बढ़ा रही थी। समाचारपत्रों में उसके संघर्ष का साक्षात्कार प्रकाशित हुआ।

न्यायालय में सबके लिए समान न्याय, अपराधी को सज़ा और निरपराध की रक्षा के सिद्धान्त के आधार पर नलिनी का कार्य जारी था। हियरिंग से पहले कई राजनेताओं के फ़ोन आते, कभी-कभी मन्त्री के प्रतिनिधि, अत्यावश्यक होने पर मन्त्री के स्वयं आने पर भी नलिनी का एक ही उत्तर होता–"मेरी कड़ी साधना का उत्तर है सबके लिए समान न्याय।" आठ मार्च की वह घटना उसे अतीत में ज़रूर ले जा रही थी जिसमें उसकी साधना का उत्तर था। किसी युवती के साथ छेड़खानी करने वाले अधेड़ व्यक्ति में उसे पिता की छाया के अभाव में कॉलेज की ओर जाने के बदले भेड़िये की नज़र से बचते हुए माँ की ओर दौड़ती और कारख़ाने में काम करती युवती नज़र आयी।... डायस से फ़ैसला सुनाया जा रहा था। उस फ़ैसले में उसे अपमान के घूँट के साथ-साथ ज़हर के घूँट पीने वाले पिता की याद आयी। जगमोहन के विरोध में चल रहे मुकदमे का निर्णय सुनने के लिए पूरा गाँव अदालत के इर्द-गिर्द था। राजनेताओं के साथ पुलिस की भीड़ थी। नलिनी अनुभव कर रही थी कि इस निर्णय से पिता की आत्मा को ज़रूर शान्ति मिलेगी और उसकी साधना पूर्ण होगी!

स्वाभिमान

पंकज का अपनी बात पर अड़े रहना समाज को खलता रहा। समाज के बुजुर्गों ने पंकज को समझाते हुए कहा था, "पंकज! कम-से-कम उस विधवा का विचार तो करना, जो अपने बच्चों के साथ ज़िन्दगी काट रही है। यदि तुम जैसे पढ़े-लिखे अच्छा वेतन लेने वाले अपने रिश्तेदार, अपनी ही बुआ का विचार नहीं करेंगे तो दूसरा कौन करेंगे? आख़िर क्या कमी है कविता में, वह भी ग्रेजुएट है, दिखने में सुन्दर है, सिलाई-कढ़ाई सब जानती है। यदि हाँ बोलोगे तो जेठ महीने में ही...।"

"साहू जी, बकवास बन्द करो। किसने कहा कि कविता बुरी है, काली है।" पंकज बीच में ही बोल पड़ा तो साहू जी ने आगे पूछा, "फिर तुम्हारी इच्छा क्या है? देखो, कविता से शादी करोगे तो ख़ून का रिश्ता बना रहेगा।"

"साहू जी! ख़ून का रिश्ता आज आपको सूझ रहा है। तब नहीं सूझ रहा था जब मेरे पिता जी के शरीर का ख़ून सूख रहा था, तब याद नहीं आया, जब मेरी माँ घसीटते-घसीटते आपके गाँव तक आयी थी।"

साहू जी कुछ समझ नहीं पा रहे थे। वो समझ भी नहीं पायेंगे, जिनके कान फूँक दिये गये हो। साहू जी के साथ आये मदन ही बीच बचाव करते हुए कहने लगे, "पंकज भाई, मैं भलीभाँति जानता हूँ, तुम्हारा कहना ग़लत नहीं है। तुम्हारे पिता जी की अवस्था भी मैंने अपनी आँखों से देखी है। बेचारे कई बार आते रहे रिश्ते के लिए बात आगे बढ़ाते हुए, पर ख़ाली हाथ ही चले गये थे। मैं उनके और तुम्हारे भाव समझ सकता हूँ। मुझे तुम्हारे वो दिन आज भी याद आते हैं, जब अनिता चूल्हे में फूँक लगाते हुए रसोई बनाती थी। धुएँ में ही तुम्हारी पढ़ाई होती थी...।"

'धुआँ' शब्द सुनते ही पंकज को चारों ओर मानो धुआँ-ही-धुआँ और उसमें पिता का चेहरा नज़र आता रहा। उसके पिता जी ईमानदार, सज्जन तथा नेकी के मार्ग पर चलने वाले थे, कभी-कभी यह नेकी का मार्ग काँटों से भरा होता है, फिर भी उसके पिता जी ने मार्ग नहीं छोड़ा। कड़ी मेहनत करते हुए संयुक्त परिवार के पन्द्रह सदस्यों का मुँह भर रहे थे। अकेले उन्हीं के जीवन में खटना लिखा था। गाँव में पंसारी की बड़ी दुकान थी, काफ़ी नाम हो गया था। धार्मिक इतने थे कि विभिन्न धर्म के लोग कार्यक्रम के लिए अनाज माँगने आते थे, सामूहिक विवाह हो या गाँव का मेला, दुकान से पचास-पचास किलो बढ़िया गेहूँ, बीस-पच्चीस किलो तेल, पचास किलो शक्कर तथा सूखा मेवा ले जाते थे। उनका यह दरियादिल देखते हुए दोनों भाई एक बनते हुए घर का विभाजन करने की बात करने लगे। पंकज के पिता जी इस आघात को सह नहीं सके। वे 'एकता की शक्ति' की बात करते तो रहे, पर घर के दोनों भाई एक बनने से पंकज के पिता जी अकेले पड़ गये। अकेला चना भाड़ नहीं फोड़ता की बात सच साबित हुई, क्योंकि दोनों भाई पंकज के पिता जी के विरोध में गाँव वालों के कान फूँकते रहें।

आख़िर बात पंचायत में चली गयी तो पंकज के पिता जी को अकेले देखकर पंचों ने पूछा, "भैया, तुमने अपने भाइयों को फँसाकर दरियादिल में धान का दान किया, यह सच है कि झूठ? तुमने पारसाल ही दस बोरे गेहूँ के दिये, यह भी सच है कि झूठ?"

"..." पंकज के पिता ने धर्म के लिए दान किया था अत: मौन ही खड़े रहे।

"अपने गाँव आये तहसील स्तर के खिलाड़ियों के लिए पाँच-पाँच सौ रुपये दिये। यह भी सच है कि झूठ?"

"पर मैंने तो पिता जी के नाम से दान किया था।"

"लेकिन यह दान अपने दोनों भाइयों से पूछकर नहीं दिया था और न ही माँ से पूछकर दान किया था। ऐम आई राइट?"

पंकज के पिता जी कुछ बोल नहीं सके। पंचों ने अन्त में निर्णय दिया था कि दोनों भाई के विचारानुसार सम्पत्ति का विभाजन हो और इस कार्य में दुकान तो दोनों भाई के नाम चली गयी तथा पंकज के पिता को गाँव के पास वाली उबड़-खाबड़ बंजर ज़मीन दी गयी। तीन एकड़ अच्छी ज़मीन तो पंकज

के पिता जी ने अपनी कड़ी मेहनत के बल पर चार साल पहले ही ख़रीदी थी, परन्तु उसमें से एक बीघा ज़मीन भी पंकज के पिता जी को नहीं मिली। ज़मीन मिली तो पुरखों की डेढ़ एकड़ ज़मीन, जहाँ पिछले तीन साल से बुआई की नहीं गयी थी। इसके पीछे पंचों का तर्क था कि पंकज के पिता ज़्यादा पढ़े-लिखे हैं तथा उसके बच्चे भी तो ऊँची शिक्षा ले रहे हैं, जिसका व्यय पुरखों के व्यवसाय से प्राप्त आय से किया गया है। पंकज अभी इंजीनियरिंग पढ़ रहा था जबकि उसके चचेरे भाई मिडल पढ़ रहे थे।

पंचों के निर्णय से मानो पंकज के पिता पर पहाड़ टूट पड़ा था, आख़िर उसने बँटवारे को अस्वीकार करते हुए पैतृक सम्पत्ति से पायी भी नहीं ली और घर से बाहर आ गये। पंकज के पिता जी अपने आपको सँभालते हुए गाँव में ही दूसरों की दुकान में नौकरी करने लगे। पंकज भलीभाँति जानता था कि उसके पिता जी उन्हीं के रिटेल ग्राहक की दुकान में नौकरी कर रहे हैं। पंकज बी.ई. फाइनल में पढ़ रहा था, परीक्षा शुल्क तथा प्रोजेक्ट वर्क के लिए रुपये की ज़रूरत थी। घर में चर्चा शुरू हुई थी।

"पापा! मैं पढ़ाई छोड़ दूँगा और कहीं दूर जाकर नौकरी करूँगा। मेरे लिए तुम दो कौड़ी के मालिक से रुपये मत माँगना।"

पंकज की माँ बोली, "तुम्हारी ही ज़िद ठीक सही, मालिक से नहीं तो तुम्हारी बुआ से तो माँग लेंगे। आख़िर नम्रता की शादी तो तुम्हारे साथ करने की बात करती रहती है। अब नहीं काम आयेंगे तो कब काम आयेंगे।"

"अनीता ठीक कह रही है बेटा, तुम छोटे थे तब से वह कह रही है कि नम्रता की शादी तुम्हारे साथ होगी और वीरेश की शादी कविता के साथ।"

आख़िर बुआ के पास जाना तय हुआ, पंकज के पिता जी अपनी बहन के घर चले गये। रिश्ते की बात भी होगी और रुपये की व्यवस्था भी। रुपये भी ज़्यादा नहीं, बस चार हज़ार की ज़रूरत है, उन्हें भी तुरन्त लौटायेंगे। उसी इकलौती बहन के लिए भाई ने पहले बहुत कुछ किया था परन्तु बहन के घर गये पंकज के पिता जी खाली हाथ लौट आये। बहन ने रिश्ते को यही कहते हुए ठुकरा दिया था कि पंकज नौकरी के लायक नहीं है। उसे कहाँ से नौकरी मिलेगी। आजकल हज़ारों इंजीनियर बेकार बैठे हुए हैं। बहन ने नम्रता की शादी कहीं और करने का अपना निर्णय भी सुनाया था। ख़ाली हाथ घर लौट

आये पंकज के पिता जी घर आते ही बुखार से ग्रस्त हुए, जो सो गये उठ नहीं सके। पंकज ने डॉक्टर को दिखाया, दो-चार दिन दवा दारू के बावजूद भी उठ नहीं सके और सदा के लिए चल बसे। अन्त्येष्टि के लिए भी रुपये नहीं थे, अनिता ने अन्त्येष्टि ख़र्च के लिए गले से मंगलसूत्र उतारकर दिया था।

पंकज होनहार था, उसने माँ को तो नहीं बताया पर कॉलेज में पढ़ाई का बहाना करते हुए होटल में वेटर का काम करता रहा। शाम सात से रात ग्यारह बजे तक वेटर का काम करता और वहीं सो जाता, सुबह जल्दी उठकर पढ़ाई करता। उसकी परीक्षा दो महीने पर ही थी, फिर भी लगन और कड़ी मेहनत करता वह। होटल में ही तड़के चार से आठ बजे तक अध्ययन करना और आठ बजे घर आकर कपड़े बदलकर कॉलेज चले जाना, वही उसका नित्यकर्म बना था। हँसते हुए प्रतिकूल परिस्थिति को अनुकूल बना सकते हैं, अपनी मेहनत और सकारात्मक विचार के बल पर पंकज ने इस बात को सिद्ध कर दिखाया था। वही अनुकूल परिस्थिति उसके लिए वरदान साबित हुई। डिस्टिंक्शन में बी.ई. उत्तीर्ण होने के बाद भी पंकज ने होटल में ही काम करना उचित समझा। क्योंकि रात का भरपेट खाना, वेतन और टिप के कारण आर्थिक जुगाड़ ठीक से होता। उसने माँ से कह दिया, "माँ! गाँव के इंडस्ट्रियल एरिया में विमल फाउंड्री में काम मिल गया है। शाम छह से रात बारह बजे तक काम करो और वहीं सो जाओ, सुबह अपने घर जाओ। एक वक़्त खाने की व्यवस्था भी है। अनिता ख़ुश हो गयी थी, आख़िर भगवान तो उसके साथ हैं।

पंकज होटल में सिर्फ़ वेटर का काम ही नहीं करता, बल्कि वहाँ भोजन के लिए आने वाले प्रत्येक व्यक्ति को ग़ौर से देखता और ख़ुद वैसा बनने का विचार भी उसके मन में आता; पर एक मन कहता कहाँ राजा भोज और कहाँ गंगू तेली तो दूसरा मन कहता कि भगवान बुद्ध तथा भगवान महावीर सुख सुविधा का त्याग कर कड़ी साधना के कारण ही महान बन सके। तब उसका दूसरा मन कहता 'मन के हारे हार है मन के जीते जीत।' आख़िर वह दूसरा विचार ही पंकज को ऑफ़िसर बना सका। बी.ई. पूर्ण होने के पश्चात होटल में ही काम करते हुए रात भर स्पर्धा परीक्षा की तैयारी करता रहा और देखते-ही-देखते पहले प्रयास में ही उसे बैंक में नौकरी मिली, तब उसने अपनी माँ

से होटल से बैंक तक की यात्रा सुनाते हुए कहा, "माँ! इंजीनियर को गाँव में शुरुआत में दस हज़ार से ज़्यादा वेतन कहाँ मिलेगा इसलिए होटल में काम करते हुए तुम्हारा बेटा सरकारी बैंक में नौकरी पा सका है। सुनते ही अनिता की आँखें डबडबाईं और उसने पंकज को अपने सीने से लगा लिया, पर इस बात में माँ तवे पर रखी रोटी भूल गयी। रोटी जलने की गन्ध और धुएँ के कारण ही वह पुनः चूल्हे की ओर लौट पड़ी। उसी धुएँ में पंकज को पिता जी की याद आयी थी।...

पंकज के बैंक में नौकरी लगते ही बुआ के विचार बदल गये। उसकी नौकरी की कल्पना भी नहीं की थी बुआ ने, इसलिए पंकज का विचार छोड़कर किसी पेट्रोल पम्प में मैनेजर की नौकरी करने वाले आदित्य के साथ नम्रता की शादी की थी। बारहवीं उत्तीर्ण नम्रता दिखने में सुन्दर थी, घर में पहली से चौथी तक अंग्रेज़ी क्लास लेती थी इसलिए बुआ ने बेरोज़गार पंकज के बदले मैनेजर आदित्य का चयन किया था। परन्तु कविता भी कम नहीं थी। इसी वर्ष वह बी.कॉम. उत्तीर्ण हुई थी, इसलिए वह यही सोचते हुए कि पंकज मान लेगा, कविता के साथ पंकज का विवाह करना चाहती थी।

बुआ ने भी पिछले दो वर्षों में दुनियादारी देखी थी, पहले उसने ड्योढ़ी के बाहर क़दम रखना भी उचित नहीं माना था। पति अच्छी खेती करते थे। खेती में गन्ना, अनार, अंगूर होने के कारण पैसे की कमी नहीं थी, दूसरी बात यह थी कि खेत लेने के लिए रुपये भी पंकज के पिता जी ने दिये थे। हाँ, उसमें बुआ के पति ने पसीना भी ख़ूब बहाया था इसीलिए तो अच्छी फ़सल लेते थे। परन्तु दो वर्ष पूर्व दिल का दौरा पड़ने से पति की मृत्यु के बाद खेती कम हुई और बुआ की आय घट गयी थी। कविता जैसी जवान बेटी को घर में रखना उचित नहीं लगा। इसलिए विधवा बुआ ने एक-दो बार पंकज से सीधी बात की थी। परन्तु पंकज आज भी वह दिन भुलाये नहीं भूलता था, जब उसकी माँ बुआ के पास सोने की अँगूठी के बदले पाँच हज़ार रुपये की माँग करने गयी थी। अनिता की अँगूठी मायके की थी, पर बुआ को शक़ हुआ था कि सब कुछ छोड़कर घर के बाहर जाने पर भी अनिता के पास अँगूठी कहाँ से आयी। अनिता ने कहा भी था, "पिता जी ने घर के बँटवारे के बाद पाँच ग्राम की अँगूठी दी थी और दो बोरे गेहूँ। बुआ ने चोरी का आरोप लगाते हुए अनिता को

वापस लौटाया था इसलिए तब पंकज अगली पढ़ाई कर नहीं पाया था। आज जब बी.ई. के बाद बैंक में नौकरी पायी थी अपनी मेहनत के बल पर तो बुआ को पंकज की बुद्धि पर विश्वास बैठा था। इसलिए नम्रता न सही कविता की शादी के लिए बात आगे बढ़ रही थी। इसीलिए तो पंकज साहू जी को फटकार लगाते हुए बकवास बन्द करने की बात कर रहा था। जब साहू जी की बात नहीं मानी तो मदन ही पंकज को समझा रहे थे और पंकज उत्तर दे रहा था।

"बुआ अपनी कन्या की शादी तुम्हारे साथ ही करने की सोच रही है।"

"क्षमा कीजिए मदन चाचा! बुआ कविता की शादी मुझसे नहीं मेरी नौकरी से करवाना चाहती है। यदि मुझे ही कन्या देने का विचार करती तो बचपन से कहती आयी उस नम्रता के साथ ही करवाती।"

"अरे बेटा! सुबह का भूला शाम घर आये तो उसे भूला नहीं कहते। अब वह पछतावा कर रही है। आख़िर तुम्हारे पिता जी की ही तो बहन है। हाँ कहोगे तो पिता जी को भी शान्ति मिल सकती है।"

"चाचा, इससे पिता जी को शान्ति नहीं मिल सकेगी। बुआ ने मेरी बाल्यावस्था में ही नम्रता को मुझे और कविता को चचेरे भाई वीरेश को देने का वादा किया था। अब वीरेश खेती करता तो हुआ क्या, आख़िर मेहनत करके ही तो आय बढ़ा रहा है।"

पंकज के इस वाक्य से मदन चाचा भी निरुत्तर रह गये थे। तभी पंकज के नौकर ने सभी के लिए चाय लाकर दी। चाय पीते समय पंकज ने उत्तर दिया, "चाचा! इस जन्म में न सही अगले जन्म में देखा जायेगा तुम्हारे ख़ून का रिश्ता।"

हॉल में बैठे सभी चाय पी रहे थे और भीतर रसोई घर में अनिता बेटे के स्वाभिमान पर आँसू बहा रही थी।

शादी

अमोल के माता-पिता उस दिन ख़ुश नज़र आ रहे थे, स्वाभाविक था वह। अमोल के लिए क्या-क्या सपने नहीं देखे उसके माता-पिता ने, बेटा बिल्कुल उन्हीं पर गया था। वे चाहते थे कि अमोल पढ़-लिखकर डॉक्टर बने। कई बार उसके पिता पूरणचन्द्र ने समझाया था, "बेटे! हम तो गाँव छोड़कर यहाँ भागकर चले आये हैं। एक तो अकाल, पानी की किल्लत, गर्मी के दिनों में तापमान 45 डिग्री सेल्सियस तक रहता, रोज़गार भी नहीं मिलता। तुम तीन साल के थे, तुम्हें रोटी के लिए रोते देखकर अंजली कई घर चक्कर काटती रही। कहीं रोटी मुनासिब नहीं हुई। सोचा कि गाँव में भूखा मरने से शहर में खा-पीकर मरे तो जीवन सार्थक होगा वरना मेहनत बेकार होगी, हाथ कुछ नहीं लगेगा।...बेटे! अब तुम बड़े हो गये हो। तुमसे मेरी अपेक्षा इतनी ही है कि अब अपने भविष्य का विचार ख़ुद करो।...बस, कहीं कालिख न लगे कि पूरणचन्द्र का बेटा बुरा निकला...बाक़ी तो सब समझते भी हो तुम।"

पिता का कहना अमोल ठीक समझ नहीं पा रहा था, उसने अपना वादा पूरा करते हुए मेडिकल की परीक्षा उत्तीर्ण की थी। डॉ. विवेक भी अमोल की विद्वत्ता देखकर दंग रह जाते। बड़ा विनम्र विद्यार्थी, मेडिकल शिक्षा पूर्ण कर भी विनम्रता में कमी नहीं, दिखने में भी कहीं पीछे नहीं, सौन्दर्य तो मानो कामदेव की तरह। इतना सबकुछ अपने पास होकर भी उसके माता-पिता उसके लिए कन्या देखने में असफल रहें। जहाँ कहीं वधू-वर परिचय सम्मेलन होते अमोल हाज़िर रहता पर उसके लिए योग्य कन्या नहीं मिल पाती। हो तो यों रहा था कि परिचय सम्मेलन नाम सुनकर ही अमोल आक्रोश करता। क्या करे, किसी युवक के डॉक्टर होने पर भी आजकल की युवतियाँ उनसे गाड़ी,

बँगला की इच्छा रखती हो तो ग़रीब घर से शिक्षा प्राप्त करने वाला कहाँ जाये? आख़िर डॉक्टर बनकर क्या पाप किया उसने!

पूरणचन्द्र भी पढ़े लिखे थे, गाँव में छोटा व्यवसाय था। अकाल के कारण पानी के अभाव में गाँव का मकान बेचकर शहर आकर बस गये थे। हाथ आये पैसे भी उड़ गये, घर तो कहाँ देखते, कैसे ख़रीदते, सो किसी मॉल में काम करने के विचार से शहर में बस गये थे। बीस साल हो गये थे शहर में। मॉल में अकाउंटेंट की नौकरी करते हुए गुज़ारा कर रहे थे। अमोल की शिक्षा-दीक्षा की ओर बचपन से ध्यान था उनका। मॉल से घर लौटकर एकाध घण्टा सामने बिठाकर उसका होमवर्क करवा लेते। अमोल भी हर बात मानता था, अच्छे अंकों से उत्तीर्ण होने के कारण मेडिकल प्रवेश लेने में कोई दिक्कत नहीं आयी थी। उसकी प्रतिभा शक्ति, स्टेज करेज को देखते हुए मेडिकल कॉलेज के कई प्राध्यापकों के साथ डॉ. विवेक उसकी ओर विशेष ध्यान देते। उनकी भी इच्छा थी कि अमोल यूनिवर्सिटी टॉपर बने। राष्ट्रसन्त तुकड़ोजी महाराज के गाँव के होने के कारण डॉ. विवेक के संस्कार भी अमोल पर होते रहें।

अपनी शिक्षा पूरी कर अमोल शहर में ही कहीं प्रैक्टिस कर रहा था। पूरणचन्द्र को अब तक कोई चिन्ता नहीं थी लेकिन प्रैक्टिस और बढ़ती उम्र को देखकर चिन्ता सताने लगी। कई बार पत्नी को भी बताया था और अमोल के प्रोफ़ेसर डॉ. विवेक से भी कहा था, "सर! प्लीज़ अमोल से कहिए कि वह अपने लिए योग्य बहू देखे।"

"अरे भाई साहब, आप तो इतने धार्मिक हो कि बाहर का पानी भी पीना बुरा मानते हो और अमोल के लिए ऐसा सोचना...।"

"नहीं सर, उसके लिए कई जगह पूछताछ करने गया था। लड़की के माता-पिता की अपेक्षा ही ज़्यादा रहती है। यूँ तो उनकी बढ़ती अपेक्षा के कारण ही वे पैंतीस क्रॉस कर भी कुँवारी ही हैं।"

"तो फिर आप अमोल से क्या अपेक्षा करते हो?"

"उसे मैं सीधा कहूँगा तो उसूल ताक पर रखने की बात होगी। आप ही कहीं उसके लिए योग्य लड़की देखेंगे तो कृपा होगी।"

"और कुछ?"

"उसे यह भी कहे कि उसने कहीं देख लिया हो तो..." पूरणचन्द्र कहने में संकोच कर रहे थे।

"तो का मतलब?"

"मतलब यानी किसी भी धर्म के डॉक्टर लड़की देखी हो तो कहने के लिए बोल देना। आने वाले दस-पन्द्रह वर्षों में नवयुवक धर्म और जाति की दीवारें तोड़ ही देंगे।" पूरणचन्द्र की बात सुनते ही डॉक्टर विवेक हँस पड़े क्षण भर के लिए। सोचते रहे कि मनुष्य कितना स्वार्थी है। उच्च शिक्षित युवतियाँ नहीं मिल रही हैं इसलिए अपने स्वार्थ के लिए उसे किसी भी धर्म की बहू चाहिए। पर तुरन्त शान्त होकर उस कार्य के लिए भरोसा दिलाया था। दो-चार दिनों में ही डॉक्टर विवेक ने अमोल को बुलाकर इन दो वर्षों में या कॉलेज लाइफ में कहीं कोई लड़की देखी हो तो बताने के लिए भी कहा।

अमोल प्रतिभा सम्पन्न पर सरल स्वभाव का युवक था। किसी झँझट में पड़ना उसे भाता नहीं था फिर भी चार महीने पूर्व नासिक में आयोजित कॉन्फ्रेंस में डॉक्टर मीनल से परिचय होने की बात कही थी। और क्या चाहिए था डॉ. विवेक को, सीधे नासिक के प्रोफ़ेसर डॉ. विश्वजीत को मोबाइल करते हुए मीनल की जानकारी ली। डॉ. विवेक भी वर्तमान युग में स्त्री की घटती संख्या, शिक्षित युवती की बढ़ती अपेक्षाएँ, उनकी बढ़ती उम्र को लेकर चिन्तित हुए। "यदि बेटी को ऊँची शिक्षा दी जाये और अपेक्षा बढ़ती रही तो उसकी शादी कैसे होगी?" वे दसवीं में पढ़ने वाली अपनी इकलौती कन्या को लेकर चिन्तित हुए। इसके लिए ज़िम्मेदार कौन है यह प्रश्न उन्हें सताता रहा। वर्तमान में क़ानून द्वारा परिवार-नियोजन के नियम बढ़ते जा रहे हैं। पुत्र की अपेक्षा के कारण कन्या भ्रूण हत्या हो रही है। दूसरी ओर जिनके घर में कन्या हैं उनकी अपेक्षा बढ़ती जा रही है। तो क्या जीवन भर उसे अपने ही घर रखेंगे। उच्च शिक्षित कमाऊ लड़की होने पर तो बेटी से अधिक शिक्षित वर की खोज में रहते हैं।...लड़के का ख़ुद का फ़्लैट होने की अपेक्षा...ये सब कहीं पागलपन तो नहीं है।...कल्पना लोक से वर्तमान में लौट गये डॉक्टर विवेक। उधर डॉ. विश्वजीत का भी अमोल को लेकर फ़ोन आया था। डॉ. विवेक को नासिक जाना ही था तो अमोल को अपने साथ ले चले।

डॉ. विश्वजीत के घर पर ही मीनल आयी थी। पहली बार कॉन्फ्रेंस में मीनल और अमोल में 'एक्सरसाइज एंड हार्ट' विषय पर अच्छी बहस हुई थी। यहाँ तक कि कई डॉक्टरों ने दोनों की सराहना की थी। विश्वजीत के घर पर ही उन दोनों के भविष्य को लेकर चर्चा हुई। विश्वजीत और विवेक के समझाने पर दोनों राज़ी हुए थे। दोनों के बीच जाति का गम्भीर प्रश्न था। मीनल नासिक से पचास किलोमीटर दूर क़स्बे की थी। उसके पिता आदिवासी युवक की खोज में थे। उनका कहना था कि कन्या डॉक्टर हुई तो क्या हुआ अपनी ही जाति-बिरादरी में ब्याह कर जाये, चाहे लड़का पढ़ा-लिखा डॉक्टर हो, इंजीनियर हो, या चाहे अनपढ़। बहुत कुछ समझाने पर भी यही कहा, "मैंने थोड़े ही हकीमी पढ़ने के लिए कहा था, दाख़िला मिला तो बन गयी डॉक्टर, इसमें क्या बड़ा काम किया है। यह न पढ़ती तो दूसरा कोई और ही पढ़ता। बाहर शादी करने से बिरादरी में नाक कटेगी हमारी।" मीनल की माँ आधुनिक विचार वाली स्त्री थी। उसने तो डॉक्टरों की बात तुरन्त मान ली पर उसके पिता बहुत कुछ समझाने पर मान गये। फिर भी दोनों ने एक चिन्ता जतायी थी कि बिरादरी से बाहर ऐसी शादी करने से समाज क्या कहेगा, छोटू को लड़की कौन देंगे। वैसे तो अभी वह दसवीं पढ़ रहा था। माता-पिता होने के कारण उसकी चिन्ता सता रही थी। राष्ट्रीय शिक्षा नीति के अनुसार शिक्षा नीति में होने वाले परिवर्तन तथा बहुशाखीय बहुभाषी शिक्षा के कारण उसके भविष्य को लेकर चिन्तित थे।

चिन्ता सिर्फ़ मीनल के माता-पिता की नहीं थी चिन्ता तो पूरणचन्द्र की भी थी पर दोनों की चिन्ता में अन्तर था। पूरणचन्द्र का कहना था, "वधू वर सम्मेलनों में जाकर भी उच्च शिक्षित युवक होने पर भी बहू नहीं मिल रही है, कोई बेचारा निजी व्यवसाय करता है फिर भी उसके साथ ब्याह करना नहीं चाहती। वहाँ किसान, मज़दूर, बढ़ई, छोटा-मोटा व्यवसाय करने वालों का क्या होगा।" पूरणचन्द्र का सोचना सही था। इसीलिए तो वे अपने बेटे के लिए स्वयं लड़की देखने की बात कर रहे थे। "क्या करें सर! कहीं ढूँढ़कर भी बहू मिलती न हो, लड़के ख़ुद ही लव मैरिज करते हो तो अच्छा ही है। झँझट नहीं, बस दोनों समझदार हो, प्रेम में कम न हो, सच्चा प्रेम समझने और निभाने वाले,

विवाह का अर्थ समझने वाले हो तो बस! वरना उनके लिए लड़की देखते-देखते हम तो मर ही जायेंगे, वह भी बूढ़ा हो जायेगा तो शादी कब करेगा। दहेज़ का क्या, सरकार है, क़ानून है। वैसे तो आज अरेंज मैरिज में भी वधू पक्ष वाले दहेज़ नहीं दे रहे हैं तो लव मैरिज में उसकी अपेक्षा भी नहीं है।"

.....

जो भी हो, दहेज़ की अपेक्षा नहीं पर शादी की अपेक्षा पूरी हो रही थी और अमोल के माता-पिता उस दिन ख़ुश नज़र आ रहे थे।

मोड़

कौन कहता है कि मोड़ सिर्फ़ रास्ते के होते हैं, जीवन में भी बहुत से मोड़ आते हैं। समय के साथ व्यक्ति मोड़ लेता है। रास्ते में किसी को हमसफ़र मिलता है तो कोई हमसफ़र के अभाव में अपनी धुन में आगे बढ़ता है। आत्माराम भी जीवन में मोड़ लेता रहता है। पिता बढ़ई का काम करता था। गाँव में किसी की चारपाई बनानी हो, खिड़कियाँ बनानी हो या खेती के औज़ार बनाने हो तो आत्माराम के सिवा दूसरा था भी नहीं। परन्तु अमोल तथा आत्माराम ने बढ़ई का काम पसन्द नहीं किया। उन्हें पारम्परिक व्यवसाय पसन्द नहीं था। अत: अमोल ने शहर जाकर पढ़ना तय किया। गाँव से दस किलोमीटर दूर कॉलेज आना-जाना जारी रहा, रुपये के अभाव में साइकिल से जाता रहा। रोज़ आने-जाने के बीस किलोमीटर होते फिर भी घर आकर घण्टे दो घण्टे पढ़ाई करता। पिता ने कई बार अपने साथ-साथ काम करते हुए कला सीखने के लिए कहा था पर अमोल ने आरी के बदले पेन लेना और हिसाब-किताब लिखना तय किया। बचपन में पिता उसे दुकान भी भेजते तो चार-पाँच दुकानों में घूम कर सामान ले आता और पिता को हिसाब दिखाता। वही आदत बढ़ती रही तो बी.कॉम. के बाद परीक्षा देता रहा और बीमा कम्पनी में लिपिक के रूप में ज्वाइन हो गया।

आत्माराम अमोल से दो वर्ष छोटा था। भाई के क़दम पर क़दम बढ़ा रहा था पर उसमें भी उन्नीस-बीस होना स्वाभाविक रहता है। बचपन में दोनों खेलते समय ऐसे ही करते। अमोल क़दम बढ़ाता तो आत्माराम उसके क़दम के निशाने पर क़दम रखता तब अमोल लम्बा डग भरता और आत्माराम शिकायत करता। जीवन में वैसे हो भी सकता है। अमोल बी.कॉम. पूर्ण कर

बीमा कम्पनी में ज्वाइन हो गया था पर आत्माराम भाई से भी अधिक अंक प्राप्त करने पर भी कला संकाय में प्रवेश लिया था। अंग्रेज़ी तथा विज्ञान में रुचि थी पर गणित में पीछे होने के कारण कला में प्रवेश तय किया था। नौकरी मिलते ही अमोल नागपुर चला गया था। वन बी.एच.के. में रहता। आत्माराम भाई की साइकिल लेकर कॉलेज जाता रहा। वैसे बचपन से उसके लिए पिता कुछ नया ख़रीदना पसन्द नहीं करते। स्वेटर, पैंट, साइकिल, स्कूल बैग, पुस्तकें, खिलौने, बैग हर चीज़ अमोल की ही होती। कॉलेज जाते समय भी भाई की पुरानी साइकिल ही मिली। पिता से कहने पर रुपये के बदले पर सलाह मिली, "भाई की तरह पढ़कर तू भी नौकरी करेगा तो पुश्तैनी काम कौन सँभालेगा?" आत्माराम ने आशावादी विचार से भाई को यही सोचते हुए फ़ोन किया था कि साइकिल के बदले मोटरसाइकिल मिल जायेगी पर उसने पुरानी साइकिल रिपेयरिंग के लिए थोड़े रुपये भेज दिये। आत्माराम कुछ कहने के बदले ख़ामोश रहा। भाई की तरह कड़ी मेहनत कर नौकरी करना ही तय किया था। गाँव में आधुनिक यन्त्रों के आने के कारण बढ़ई का काम भी कम होने के कारण अमोल घर के लिए हर महीने दो-चार हज़ार रुपये भेजता रहा। माता-पिता ने उसके लिए अच्छी लड़की देखना तय किया था परन्तु नागपुर में ही ऑफ़िस में नौकरी करती सोनम के साथ उसने विवाह किया। अपने ही समाज की होने के कारण माता-पिता ने विरोध भी नहीं किया। "अपने समाज में पढ़ी-लिखी लड़की का मिलना ही मुश्किल है, अच्छा हुआ कि बेटे ने हमारा काम आसान किया है।" कहते हुए नागपुर में आयोजित विवाह समारोह में मित्रों-रिश्तेदारों के साथ उपस्थित रहे। सप्ताह भर के बाद माता-पिता के साथ आत्माराम भी गाँव वापस लौटा।

स्नातक परीक्षा के बाद आत्माराम ने यूनिवर्सिटी में ही समाजशास्त्र में एम.ए. करना तय किया। शहर के किसी कॉलेज में पढ़ने के बदले यूनिवर्सिटी में पढ़ने से लाभ ज़रूर होगा। उसके लिए आवश्यक रुपये की व्यवस्था का प्रश्न था। अमोल ने सिर्फ़ एडमिशन फीस देने का वादा किया, साल भर मेस और रूम की व्यवस्था के लिए आत्माराम ने पुस्तक दुकान में पार्ट टाइम नौकरी शुरू की।

वैसे यूनिवर्सिटी में पहले ही दिन पोशाक के कारण वह हँसी का पात्र बन गया था। यूनिवर्सिटी का माहौल, नये-नये प्रोफ़ेसर, कैंटीन, शोर-हंगामा सबकुछ देखते हुए अजीब-सा भय निर्माण हुआ था उसके मन में। एक ओर भय तो दूसरी और रोमांच! भय घर के संस्कार तथा ग़रीबी के कारण था तो रोमांच का कारण मन में हिलोरें लेती जवानी थी। पहली बार अपने जीवन में अजीब-सी हलचल महसूस कर रहा था वह! कई युवतियाँ उसकी ओर देखते हुए अंग्रेज़ी में बातचीत करतीं। शहर की सभ्यता, आधुनिकता में वह पूरी तरह पिस जाता पर अपने आप पर नियन्त्रण रखते हुए मोड़ लिया। वह अपनी प्रतिभा के बल पर सभी को परास्त करना चाहता था। लेक्चर के बाद पुस्तक दुकान में फ़ुर्सत मिलते ही नयी-नयी किताबें पढ़ता, यहाँ तक कि समाज विज्ञान की बहुत सारी पुस्तकें पढ़ने से यूनिवर्सिटी में वह चर्चा का विषय बना। सारे प्रोफ़ेसर उसकी प्रतिभा से ख़ुश थे। कभी-कभी तो किसी प्रोफ़ेसर की ग़ैरहाज़िरी में वह लेक्चर भी देता। ख़ुद में अचानक आये परिवर्तन देखकर स्वयं चकित हुआ। पीजी फर्स्ट क्लास उत्तीर्ण होना भी उसके लिए बड़ी उपलब्धि रही। वैसे कुनबे में पी.जी. उत्तीर्ण वह पहला व्यक्ति था। भाई बी.कॉम. उत्तीर्ण था पर पी.जी. कर नहीं पाया, जो आत्माराम ने किया था। पी.जी. उत्तीर्ण होना भी उसके जीवन में नया मोड़ था। कई महाविद्यालयों में नौकरी के लिए प्रयास करता रहा। जहाँ कहीं भी विज्ञापन देखता, आवेदन करता रहा पर निराशा के सिवा कुछ नहीं मिला। उसके लिए आवश्यक एडिशनल योग्यता उसके पास नहीं थी। प्राइवेट संस्था में नौकरी के लिए आवश्यक सिफ़ारिश तथा रिश्वत दोनों के अभाव में साक्षात्कार का उत्तर नहीं मिल पाता। पी.जी. उत्तीर्ण के तीन वर्ष बाद भी बेरोज़गार रहने के कारण चिन्ता बढ़ना स्वाभाविक था। पिता की बात याद आती और पछतावा होता। पिता ने कई बार पुश्तैनी व्यवसाय की कला सीखने के लिए कहा था। उसके कई मित्र पढ़ाई में पीछे थे पर व्यापार में आगे थे। यहाँ तक कि उनके बच्चे भी प्राइमरी स्कूल में पढ़ाई कर रहे थे। कई मित्रों ने उसे ट्यूशन लेने की सलाह दी थी पर पी.जी. उत्तीर्ण आत्माराम को नर्सरी, प्राइमरी बच्चों की ट्यूशन लेना उचित नहीं लगा था। उसकी मनोदशा भी स्वस्थ नहीं थी। कभी-कभी मन में

उदासी के बादल छाते फिर सँवरते हुए स्वर्णिम भविष्य की कल्पना करता रहता। बढ़ती उम्र के साथ गाँव में आत्माराम चर्चा का विषय बना रहा।

"पढ़-लिखकर फ़ायदा ही क्या! इससे अच्छा तो गाँव के गड़रिया हैं जो महीने में दो-चार हज़ार रुपये तो कमाते हैं।"

"आवश्यकता से ज़्यादा होशियारी दिखाने का परिणाम ही है कि मुँह की खानी पड़ती है।"

"जनाब को नौकरी कब मिलेगी और शादी कब करेंगे! उधर पढ़-लिखकर पत्रकार बनकर दुनिया हिला देने वाला पोपटलाल भी कुँवारा है तो इस बेचारे का क्या होगा!"

"नहीं यार! शादी के बाद भी क़िस्मत बदल सकती है। घर आने वाली बहू लक्ष्मी के पैर से आयेगी तो नौकरी लेकर आयेगी।"

"घूरे के भी भाग जागते हैं। पोपटलाल के साथ इसकी भी शादी ज़रूर होगी।"

आत्माराम के माता-पिता का भी यही कहना था। पर कहने से क्या फ़ायदा, उच्च शिक्षित बेरोज़गार के साथ कौन ब्याहेगी! फिर भी उसके माता-पिता ने आत्माराम के लिए योग्य वधू की खोज शुरू की। पहले कई रिश्तेदारों में चर्चा की। सभी ने उच्च शिक्षा का स्वागत किया पर बेरोज़गार होने के कारण रुचि नहीं दिखायी। आख़िर वधू-वर परिचय सम्मेलन में सहभागिता का विचार किया। आजकल वधू-वर परिचय सम्मेलन फैशन बना हुआ है। पहले पंजीकरण करो, फिर परिचय पुस्तक में फ़ोटो तथा जन्म पत्रिका भेज दो। हज़ार-दो हज़ार रुपये में सारी जानकारी मिलती है। हर वधू-वर परिचय सम्मेलन में बार-बार वही चेहरे नज़र आते फिर भी उनका विवाह क्यों नहीं होता है। कारण है बढ़ती अपेक्षाएँ! पहली बार परिचय सम्मेलन में तो आत्माराम को मुँह की खानी पड़ी थी। पी.जी. उत्तीर्ण होकर चार वर्ष के बाद भी बेरोज़गार युवक का किसी ने मज़ाक़ भी उड़ाया था।

मज़ाक़ से भी आत्माराम के जीवन में नया मोड़ आया। उसने अति लोभ करने के बदले बैंक में मिली सिपाही की नौकरी करना तय किया। गाँव में ही सरकारी बैंक होने के कारण यातायात की बचत हुई। आत्माराम के जीवन में आशावादी परिवर्तन रहा। डूबते हुए को तिनके का सहारा भी बहुत कुछ होता

है। उसने अपने पी.जी. के कई बेरोज़गार सहपाठी मित्रों को भी अति आशा करने के बदले, किसी भी काम को छोटा मानने के बदले उस काम की गरिमा बढ़ाने की सलाह दी। आत्माराम को पूरा विश्वास था कि अबकी बार कोई भी युवती उससे शादी कर लेगी। "आख़िर क्या कमी है मुझमें, पीजी उत्तीर्ण युवक, सरकारी बैंक में नौकरी, ख़ुद का घर, सबसे बड़ी बात कि कोई बुरी लत नहीं, न ही शराब पीता हूँ, न ही जुआ खेलता हूँ। ज़रूर प्रमोशन होगा। यदि किसी कॉलेज में नौकरी मिली तो बैंक से इस्तीफ़ा दूँगा।" आत्माराम सोचता रहा। इसी सोच के बल पर युवक-युवती परिचय सम्मेलन के लिए नये कपड़े सिलवाये। आशा की डोर के साथ ही वह युवक-युवती परिचय सम्मेलन में उपस्थित रहा परन्तु लंच टाइम में कई युवतियों के साथ चर्चा कर रहे अभिभावकों के विचार सुनते ही डोर कट गयी और औंधे मुँह गिर पड़ा। "एक पी.जी. उत्तीर्ण युवक का सिपाही की नौकरी करने का अर्थ उसकी नाक़ाबिलियत होना है।" किसी ने तो उसके पी.जी. उत्तीर्ण होने पर ही आपत्ति उठाते हुए कहा, "योग्यता होती तो सिपाही का काम थोड़े ही करता है कोई! आजकल शादी-ब्याह में झूठ बोलने और झूठे वादे करने वाले ही बहुत हो गये हैं।" वाक्य सुनकर आत्माराम को सदमा पहुँचा। वास्तव में निठल्ला बैठने से भी कुछ काम करना ही उचित मानने वाला आत्माराम इंटरनल परीक्षा देकर प्रमोशन का विचार करता। पर अंग्रेज़ी में कमेंट सुनकर उसने कुछ कहा नहीं। फिर भी उसके माता-पिता तथा भाई अमोल ने रिश्तेदारों में कई जगह पूछताछ की पर कहीं से सकारात्मक उत्तर नहीं मिला।

बढ़ती उम्र के साथ आत्माराम की चिन्ता बढ़ती जा रही थी। सबके प्रयास करने पर भी कोई युवती सिपाही की नौकरी करने वाले युवक से शादी करने तैयार नहीं होती तो वहाँ किसानों-मज़दूरों का क्या होगा जैसे विचारों से ग्रसित आत्माराम कभी-कभी अन्तरजातीय विवाह का विचार करता रहा। उसने यूनिवर्सिटी में पढ़ाई करते समय प्रेम करने वाले कई साथियों को देखा था। तब उसे प्यार करना या लव मैरिज करना अनुचित लगता। पढ़ाई की उम्र में प्यार करना याने जन्मदाताओं को फँसाना है। कड़ी मेहनत करते हुए सन्तान की पढ़ाई के लिए हर तरह व्यवस्था करने वाले अभिभावकों के साथ छल करना उसे रास नहीं आता। पढ़ाई की उम्र में प्यार करना सिर्फ़ नाटक

है, प्रेम के पीछे काम भाव है, लव मैरिज करने वाले क्या उम्र भर एक-दूसरे का साथ देंगे। कितने प्रेमी अपने जीवन में सफल हुए ऐसा विचार करने वाले आत्माराम को आज प्रेम विवाह करना भी अनुचित नहीं लगता। पर समय के साथ उम्र भी हाथ से निकल रही थी। आख़िर उसके माता-पिता ने पण्डित जी से सलाह भी ली। उनकी सलाह के अनुसार कई व्रत तथा उपवास भी किये। सप्ताह में दो-दो दिन उपवास रहने तथा दस-दस किलोमीटर दूर पैदल मन्दिर जाने से उसका स्वास्थ्य भी ढलता रहा। एक ओर बैंक में कई बार सीढ़ियाँ चढ़ने-उतरने तथा फाइलों के रख-रखाव का काम, उस पर पानी की बूँद तक न पीते हुए पण्डित जी द्वारा बताये गये नियमों के पालन का उसके स्वास्थ्य पर परिणाम होता रहा। पहले से ही कृशकाय होने से स्वास्थ्य ढलता रहा तो पन्द्रह-बीस दिन अस्पताल में भर्ती हुआ।

अस्पताल के मरीज़ों के चीख़ने-चिल्लाने, रिश्तेदारों की कराह, सलाइन चढ़ाना, कई तरह की बीमारियों से ग्रसित मरीज़ों की दिन में दो-तीन बार ब्लड टेस्ट, यूरिन टेस्ट तथा बीपी चेक करना, एक साथ कई डॉक्टरों के आना-जाना आदि देखकर आत्माराम भीतर से टूटता रहा। अस्पताल गाँव से दस किलोमीटर दूर होने के कारण माता-पिता भी दिन भर उसके साथ नहीं रह सकते थे। माँ तो घर के काम करते हुए उसके लिए टिफिन ले जाती, दिनभर अस्पताल रहती। पिता पुश्तैनी बढ़ई काम होने से दिन भर काम करते और श्याम दो-चार घण्टे अस्पताल में रहते, रात माता-पिता दोनों घर लौटने पर आत्माराम को अकेलापन खाता रहा। वार्ड में पड़ोसी पेशेंट की पत्नी के आत्मीय व्यवहार, पति की देखभाल, हाथ से खिलाना, चाय पिलाना, इनकार करने पर भी पति के हाथ-पैर दबाने वाली पत्नी को देखते हुए आत्माराम को विवाह का महत्त्व, विवाहित जीवन में दोनों का एक-दूसरे का ख़याल रखना, पति-पत्नी का मधुर सम्बन्ध प्रत्यक्ष देखने को मिला। दूसरी ओर उसे वधु-वर परिचय सम्मेलन में उपेक्षित दृष्टि से देखती युवतियाँ नज़र आतीं। स्त्री के इस अन्तर को वह समझ नहीं सका। वह द्विधावस्था में होता, कभी-कभी तो ऐसा लगता कि किसी भी युवक को पसन्द न करने वाली युवतियों को सातों जन्म तक अविवाहित रहने का शाप दे, पर सोचता कि अगले जन्म में ख़ुद को ही पत्नी न मिली तो क्या करें, सोचते हुए शान्त रहता। दूसरों को शाप देने के

बदले ख़ुद ही प्रमोशन का विचार करता रहा पर यह सब अस्पताल से छुट्टी मिलने पर ही सम्भव था।

आख़िर अस्पताल से छुट्टी मिली। कुछ दिन बाद स्वास्थ्य में भी सुधार हुआ परन्तु बैंक जाने पर कलीग द्वारा मज़ाक़ का पात्र बन गया। "शादी कर लो जनाब, पत्नी के हाथ से गरम-गरम खाना खाओगे तो जल्द हट्टे-कट्टे बन जाओगे।" मित्रों के ताने सुनने के उत्तर में उन्हें करारा जवाब देने के लिए तो प्रयास कर रहा था। आख़िर समस्या का समाधान ढूँढ़ निकाला। सोचा, प्रमोशन के लिए इंटरनल एग्जाम दे और सबको चकित करें। प्रमोशन के बाद ख़ुद लड़की के माता-पिता हाथ जोड़ते हुए घर तक आयेंगे। उस दृष्टि से तैयारी भी शुरू की। गणित, विज्ञान की पुस्तकें रुचि लेकर पढ़ता रहा। कभी-कभी छुट्टी के दिन मैनेजर पाण्डे के घर जाकर मार्गदर्शन लेता। मैनेजर पढ़ाई में उसकी सहायता करते परन्तु घर के सारे काम करवा लेते। छुट्टी के दिन घर की साफ़-सफ़ाई, बाग़ में पानी देने के साथ-साथ सब्ज़ी आदि लाने के लिए भी कहते, बेचारा सारे काम करता रहा। यह सब करते हुए उसकी उम्र बढ़ती जा रही थी। अब वह तैंतीस वर्ष का था। घर में माता-पिता की बढ़ती चिन्ता से परिचित था। कभी-कभी आत्माराम के कारण माँ को पिता के ताने सहने पड़ते, "तूने ही सिर पर चढ़ाया है, तभी बढ़ई का काम सीखने के लिए कहती तो आज ऐसे दिन न देखने पड़ते। मानती कहाँ है, बस यही कहती रही, बड़े की तरह इसे भी नौकरी मिलेगी तो चैन से ज़िन्दगी बिता सकते हैं। यदि मेरी बात मानता तो आज तक दो-तीन बच्चों का बाप होता। बूढ़ा होकर भी इसके लिए बहू ढूँढ़ना पड़ रहा है। अरी! चपरासी को बेटी कौन देता है। तीन-चार साल में तबादला हो जाये तो घर कैसे चलायेगा? माँ-बाप इस बात का विचार करेंगे ही ना!" मानो जले पर नमक छिड़कने की बात हो रही थी। वह भीतर-बाहर से छीजता जा रहा था। घर में ही उपहास का पात्र बनेगा तो बाहर क्यों न बनेगा! आशा की किरण के रूप में एक दिन तहसील के कॉलेज का विज्ञापन पढ़ा। आवेदन के साथ ही पाँच दिन की छुट्टी लेकर तैयारी करता रहा। यूनिवर्सिटी के प्रोफ़ेसर नन्दलाल जी से मार्गदर्शन लिया। साक्षात्कार में भी अव्वल रहा पर डोनेशन के लिए रुपये नहीं थे। अमोल से सहायता की अपेक्षा की पर मोहभंग हुआ। रिश्तेदारों ने भी दया नहीं दिखायी। आत्माराम

के जीवन में सुहावना अवसर था, बहुत कोशिश की परन्तु सर्वहारा आत्माराम बैंक की नौकरी से ही सन्तुष्ट रहा। वह सोचता, "यदि महाविद्यालय में नौकरी मिलती तो प्रतिभा के बल पर कुलपति पद तक आगे बढ़ सकता था पर... मन मारकर बैंक में प्रमोशन की आशा करते हुए सिपाही की नौकरी करता रहा। वह यह भी जानता था कि क़ामयाबी मेहनत से मिलती है, अक्ल के घोड़े दौड़ाने से नहीं। यही विचार नया मोड़ ले आया और निर्णय लिया–'प्रमोशन तक शादी का विचार नहीं।'

प्रमोशन की तैयारी करता रहा। पहले प्रयास में ही सफलता नहीं मिलती इस बात से वह परिचित था इसलिए घर आने पर परीक्षा की तैयारी करता रहा। पर इस तैयारी में गाँव के मित्रों से दूर रहता। घर तथा बैंक में काम, छुट्टी के दिन मैनेजर से सलाह लेना और दिन भर उनके घर काम करना, व्रत और उपवास के सिवा दूसरा कोई विकल्प था ही नहीं। इस व्रत और उपवास में कभी-कभी वह अध्यात्म का भी अध्ययन करता। 'मैं कौन हूँ, मैं कहाँ से आया हूँ तथा मुझे कहाँ जाना है, मेरे जीवन की सार्थकता क्या है? मैं तो एक आत्मा हूँ। न ही मैं कहीं से आया हूँ और न ही मुझे कहीं जाना है। मैं अनादि काल से अजर-अमर हूँ। मनुष्य का शरीर तथा आत्मा दोनों पृथक हैं।...कोई किसी को न ही सुख दे सकता है न ही दुख। किसी ने हमें सुख या दुख दिया है ऐसा सोचना भी कुबुद्धि है। मैं करता हूँ–यह भी वृथा अभिमान है। वास्तव में यह संसार स्वकर्म से बँधा है।

"सुखस्य दुःखस्य न कोऽपि दाता परोप ददातीति कुबुद्धिरेषा।
अहं करोमीति वृथाभिमानः स्वकर्म सूत्रैर्गथितोहि लैकः।।"

जैसे विचार पढ़ने में आते। तब वह न ही किसी लड़की को दोष देता या उनके अभिभावकों को। बस नौकरी और पण्डित की सलाह के अनुसार उपवास के साथ इंटरनल परीक्षा की तैयारी भी करता रहता। परीक्षा जीवन की थी, प्रमोशन की या विवाह की नह, गही निर्णय नहीं ले सका। इसी परीक्षा से उसके जीवन में नया मोड़ आया। विवाह का स्वप्न देखते हुए प्रमोशन की इंटरनल परीक्षा तो दी थी। अचानक एक दिन अपने नाम से आये पत्र मिलते ही घबराया। मन में कई प्रश्न थे, कहीं तबादला तो नहीं वाला प्रश्न सता रहा

था। यदि तबादला होता तो पिता के ताने सुनने पड़ते। यदि प्रमोशन हो तो कितना अच्छा होगा...प्रमोशन के कारण वेतन में वृद्धि, फिर ख़ुद का घर। अब विवाह के लिए कोई अवरोध ही नहीं। फिर पत्र पढ़ने से पहले ही आराध्य देवताओं के साथ पूर्वजों को अभिवादन किया। पत्र ख़ुशी का सन्देश ले आया था, प्रमोशन हुआ था। पत्र का पहला हिस्सा पूरा पढ़ते हुए मन में आराध्य देवताओं को शत-शत अभिवादन करता रहा। दूसरा परिच्छेद पढ़ते ही चेहरा सूखता हुआ जा रहा था, प्रमोशन के साथ तबादला हुआ था, गाँव से तीन सौ पचास किलोमीटर दूर। ज्वाइन होने का वह आदेश ही था। वह कुछ समझ नहीं पा रहा था। गाँव में रहकर भी शादी के लिए लड़की नहीं मिल पा रही थी, रिश्तेदार भी सहयोग कर नहीं पा रहे थे। गाँव से दूर जाये तो पूछेगा कौन। अमोल की बात ही अलग थी, उसे दफ़्तर में ही समाज की कुँवारी मिली तो शादी कर ली। आत्माराम के साथ भी वैसा ही होगा इसका क्या भरोसा था!

अधिक सोचने के लिए समय नहीं था, उसे नये पद का दायित्व स्वीकार करना अनिवार्य था। घर में पक्ष-विपक्ष में चर्चा हुई। अन्त में सरकारी नौकरी में भलाई का विचार करते हुए तैयारियाँ शुरू की। दो दिन बाद आवश्यक सामग्री लेकर आत्माराम ने घर से विदाई ली। पिता ने तो अनमन ही आशीर्वाद दिये, माँ ने 'कल्याण भव' कहा। आत्माराम रत्नागिरी शाखा में पदोन्नति के स्थान पर ज्वाइन हुआ। मार्च महीना था, इयर एंडिंग काम का लोड था। छुट्टी मिलने की सम्भावना कम थी। मेस में ही भोजन करते हुए महीना दो महीने बिताये। उसकी इच्छा थी माता-पिता को अपने पास बुलाने की पर उन्होंने बात नहीं मानी। नये बैंक में भी उसने अपने समाज की युवती होने न होने का अनुमान लगाया। अपने समाज की कोई न होने के कारण वधू-वर परिचय सम्मेलन में पंजीकरण करना एक मात्र विकल्प रहा। वधू-वर परिचय सम्मेलन के साथ कई एजंटों से सम्पर्क किया, जिन्होंने हर बार साथ आने के लिए शुल्क के साथ कई शर्तें रखीं। दो-चार बार एजंटों के साथ चला गया पर लाभ नहीं हुआ। आख़िर परिचय सम्मेलन एकमात्र उपाय रहा। आत्माराम ने अपने परिचय पत्र में काफ़ी बदलाव किया था।

वधु-वर परिचय सम्मेलन में नया कुछ देखने के लिए नहीं मिला। दो-तीन वर्ष पूर्व की युवतियों के साथ आठ-दस नयी युवतियों का समावेश था।

आत्माराम सोचता रहा, "समाज में युवक-युवतियों की इतनी संख्या होने पर भी अविवाहित रहने का कारण क्या हो सकता है। मनुष्य की बढ़ती अपेक्षाओं पर लगाम कब लगेगा। परिचय सम्मेलन में उपस्थित रहने मात्र से तो विवाह होना असम्भव है। जीवन में कहीं न कहीं एडजस्टमेंट करते हुए वैवाहिक जीवन बिताना आवश्यक है। यदि जवानी ही चली जाये तो विवाह का लाभ क्या होगा; फिर बच्चों का जन्म, उनकी शिक्षा-दीक्षा, नौकरी...इसमें विलम्ब ही होगा तो बुढ़ापे में साथ कौन देगा। मुझे तो लगता है कि सरकार विवाह के लिए उच्चतम आयुसीमा निर्धारित करे ताकि भविष्य सुनहरा हो सके वरना विवाह के इच्छुक युवाओं की अपेक्षा बढ़ती ही जायेंगी।" उच्च शिक्षित युवकों के साथ डॉक्टर, सी.ए., आर्किटेक्चर जैसे युवकों में आपसी चर्चा जारी थी। सुनते ही आत्माराम भीतर से काँप गया। विगत चार-पाँच वर्षों से परिचय सम्मेलन में उपस्थित रहकर भी कुँवारे थे। उनकी उम्र भी 39-40 तक थी। आत्माराम ने जन्म वर्ष से गिनती शुरू की...37वाँ वर्ष चल रहा था। पहले देखी युवतियों के अभिभावकों से चर्चा की। पहली बार सिपाही होने के कारण तिरस्कृत था। यही सोचते हुए कि अब किसी से सकारात्मक चर्चा होगी, युवतियों से चर्चा के लिए क़दम आगे बढ़ाया पर अचानक ठिठक गया। "सैंतीस वर्ष के व्यक्ति के साथ विवाह करने से लाभ क्या है?" युवती का वाक्य सुना। करारा जवाब देते हुए उसकी उम्र पूछने का विचार भी मन में आया। वह ख़ुद भी तो तीस साल के कम उम्र की नहीं थी फिर भी वह ख़ामोश रहा। कई युवतियों से मुलाकात हुई। भविष्य को लेकर चर्चा भी हुई पर विफल रहा आत्माराम। कई बार फ़ोन किया। तरह-तरह के उत्तर सुनने आते :

"लड़की से लड़का दस वर्ष बड़ा है।"

"सैंडल पहनने पर लड़की लड़के से ऊँची दिखती है।"

"लड़के का रत्नागिरी में ख़ुद का घर नहीं है।"

"तबादले वाले युवक से शादी होगी तो लड़की को भी जीवन भर भटकना पड़ेगा।"

"लड़की की पत्रिका की तुलना में लड़के की पत्रिका सामान्य है।"

"गाँव का घर लड़के के नाम से नहीं है।"

"लड़का बहुत ही धार्मिक लगता है।"

"लड़की की तुलना में लड़के की आय कम है।"

"लड़की सॉफ्टवेयर में है, रिजाइन नहीं दे सकती।"

इस बौछार से उठकर रत्नागिरी लौटे आत्माराम ने अपने आपको बैंक के काम में झकझोर दिया। वह अपने मन पर सन्तुलन बनाते हुए ग्राहकों के साथ-साथ समय बिताना चाह रहा था, अत: हर तरह की सुविधा देने हेतु तत्पर था। दिनभर बैंक के काम कर अकेले घर लौटता तो मन में हज़ारों विचार आतें। उसका मन कह रहा था, "नौकरी करते-करते कितने दिन गाँव-गाँव घूमते जायेंगे, किसी एक ही गाँव में पुश्तैनी व्यवसाय करते तो कितना अच्छा होता। गाँव-गाँव घूमने से न घर का न घाट का की अवस्था होगी। ज़िन्दगी भर गाँव-गाँव भटकते नौकरी करते रहा, यदि गाँव से लगाव कम रहा तो बुढ़ापे में गाँव में कौन पहचानेंगे और वे क्यों तुमसे लगाव रखेंगे। क्या कभी तुमने गाँव से लगाव रखा? सालभर में कितनी बार गाँव गये थे कि लोग तुम्हारी सहायता करेंगे। किसी के सुख-दुख में कभी सहभागिता रही! नहीं न, फिर गाँव वालों से अपेक्षा क्यों करते हो?" तब वह सोचता, "...अच्छा होता कि मैं पिता की बात मानकर गाँव में ही पुश्तैनी व्यवसाय करता...नौकरी करते शहर में जीवन बिताने से फ़ायदा बैंकों का होगा। रहने के लिए घर बनाओ फिर जीवन भर किश्त भरते रहो, इससे ज़्यादा और क्या करोगे! "अकेलापन से मुक्ति पाने के लिए गाँव के पण्डित द्वारा बताये व्रत-उपवास जारी रखता। प्रात:काल जल्दी उठना, घण्टे भर पूजा-पाठ करना, पैदल मन्दिर जाना, फिर दिनभर बैंक के काम, यही उसकी दिनचर्या रही। यह सब करते-करते एक दिन माता-पिता ने उसे गाँव बुलाया। पड़ोस के गाँव में ही रिश्तेदार की लड़की विवाह योग्य थी, सुनकर आत्माराम गाँव की ओर निकला। रास्ते में अनेक विचार मन में आते रहें। रास्ते के साथ विचार भी मोड़ लेते रहें। उन्हीं मोड़ के साथ वह गाँव पहुँचा। एक विचार दूसरे विचार पर हावी हो रहे थे। कभी अध्यात्म की जीत होती तो, कभी व्यवहारिकता की जीत, तो कभी ग्राहकों की सेवा करने के विचार की जीत होती। रात ग्यारह बजे आत्माराम गाँव पहुँचा। सुबह आठ बजे ही माता-पिता के साथ सभी रिश्तेदारों के गाँव पहुँचे। जलपान के बाद लड़की को बुलाया गया। देखते ही आत्माराम चकरा गया। वह भेंगा थी अर्थात आँखें टेढ़ी थीं। तीस वर्ष की थी पर दिखने में दो-चार बच्चों की माँ जैसी लगती।

यहाँ तक कि उसे सुनाई भी कम देता था। आत्माराम ने वहीं कुछ कहना उचित नहीं माना। वह माता-पिता के साथ गाँव लौटा। रास्ते में माता-पिता ने बहुत कुछ पूछा पर वह मौन रहा। रात में घर में भोजन करते समय तो पिता ने कहा, "इसके बाद हम कहीं भी कन्या देखने नहीं आयेंगे। थोड़ी-सी आँखें ही तो टेढ़ी हैं। 'हाँ' कहने में आपत्ति क्या थी। ज़िन्दगी भर लड़की ढूँढ़ते घूमना ही हैं या शादी भी करनी है।" सुनते हुए आत्माराम का दिल रो पड़ा। पिता से यह अपेक्षा भी नहीं की थी। दूसरे दिन रत्नागिरी भी जाना था, सो गया। सुबह जल्दी ही उठा, पाँच बज रहे थे। स्नान किया और मन की गहरी वेदना के बदले शान्त आँखों से स्वच्छ आसमान की ओर देखते हुए चल पड़ा, जीवन को नया मोड़ देते हुए। जाते हुए दरवाज़े पर एक काग़ज़ मात्र चिपकाया, लिखा था-"अब मेरी यात्रा रत्नागिरी की ओर नहीं, गिरि अर्थात पहाड़ की ओर है। मैं अब चौवालीस का।" मोड़...स्वच्छ रास्ता...मठ बुला रहा था उसे!

जनमन्थन

नगर का मुख्य चौराहा नागरिकों से खचाखच भरा हुआ था। प्रशासन ने एक बार फिर ग़रीब बस्तियों को हटाने का नोटिस चिपका दिया था। तंग गलियों में, छोटे-छोटे मकानों में रहने वाले मज़दूर, रिक्शेवाले, सब्ज़ी तथा फल बेचने वाले सभी असहाय निगाहों से एक-दूसरे को देख रहे थे। तभी भीड़ के बीच से तीन व्यक्ति आगे आये। सुनयना वर्षों से झुग्गियों में बच्चों को पढ़ाती थी; राघव, एक युवा वकील, जो मुफ़्त में केस लड़ता था; और बाबा श्याम, वृद्ध स्वतन्त्रता सेनानी, जिनका अनुभव गाँव-गाँव की पंचायतों में गूँजता था।

सुनयना ने ऊँची आवाज़ में कहा, "यह लड़ाई सिर्फ़ घर बचाने की लड़ाई नहीं, इन्साफ़ बचाने की है। यदि हम आज चुप रहे, तो कल हमारा अस्तित्व मिटा देंगे।"

राघव ने फाइलें लहराईं, "हम अदालत जायेंगे, लेकिन न्याय सिर्फ़ काग़ज़ पर नहीं मिलता। इसके लिए जनता की आवाज़ ज़रूरी है। सब लोग मिलकर सत्याग्रह करेंगे।"

बाबा श्याम ने अपनी काँपती आवाज़ में कहा, "आज फिर वही मंथन होगा—जन मंथन! जैसे समुद्र मंथन से अमृत निकला था, वैसे ही जन मंथन से न्याय निकलेगा। तुम सब हिम्मत रखो, कोई पीछे नहीं हटेगा।"

दूसरे ही दिन मज़दूरों ने काम रोक दिया, महिलाएँ बच्चों के साथ धरने पर बैठ गयीं। चारों ओर सिर्फ़ एक नारा गूँज रहा था—"जन-जन की आवाज़, आज करेगी राज !"

बाबा श्याम ने आमरण अनशन शुरू किया। एक तो बीपी, शुगर के मरीज़ थे। बस्ती के नागरिकों ने मना किया फिर भी अपनी बात पर अडिग

रहे। आठ-दस दिन यों ही चले गये। सरकार मानने के पक्ष में नहीं थी और बाबा श्याम सुनने के पक्ष में नहीं थे। सबके मन में उनके प्रति श्रद्धा थी। रात तीन बजे बस्ती में अचानक चर्चा शुरू हुई, वे चल बसे हैं। देखते ही देखते पुलिस कर्मचारी हाज़िर हो गये। विधायक तथा मन्त्रियों तक ख़बर चली गयी थी। एक मन्त्री उनके काम तथा ग़रीबों के प्रति उनके स्नेह से परिचित थे। अचानक उन्होंने बैठक बुलाई तथा रात भर गहमागहमी हुई।

आख़िर प्रशासन को झुकना पड़ा। नोटिस रद्द हुआ और बस्ती को वैध मान्यता मिली। अदालत ने भी आदेश दिया कि बिना पुनर्वास किसी को उजाड़ा नहीं जा सकता।

भीड़ में ख़ुशी की लहर दौड़ गयी। बाबा श्याम मुस्कराये और उनके मुँह से शब्द निकल पड़े, "याद रखना, जनमन्थन तभी सफल होता है, जब हर व्यक्ति ख़ुद को इस संघर्ष का हिस्सा मानता है।" कहते-कहते उन्होंने आँखें मूँद लीं हमेशा के लिए!

■■■